when
a wolf
falls in love
with
a sheep

侯季然 —— 著

南方小羊牧场

新星出版社　NEW STAR PRESS

雅众文化 出品

目录 | Contents

序一 季然新书 1
序二 此曾在 4

藏书票

钻石瞳孔 9
巴黎屋檐下 11
蝉 13
城市人的乡村 15
传奇 17
大阪 19
单人飞行 21
第四格 23
电梯怪谈 25

冬之猫 27
很久很久以后 29
黄昏天色近宝蓝的时候 31
家明与玫瑰 33
继续堕落 35
京都沉睡日夜 37
罗曼史 39
迷宫、兔子与其他 41
牧羊人之梦 44
如果在台风夜，一个旅人 46
走失书本的城市 48
三十岁 50
生活在远方 52
诗人先走一步 54
诗诗诗 56
守望麦田 58
推理小说之必要 60

蜕变 62

微凉早晨的回忆 64

我口袋里的银匙 66

无言的结局 68

小城故事 70

一个小孩的圣经 72

故事的故事的故事的…… 74

存在的梦

从大题目中逃脱的《咖啡时光》 79

四季奇谭里的三部电影 82

虚构与真实的女子双人组

——岩井俊二的《花与爱丽丝》 87

车阵里的幻觉

——《蓝色大门》 90

住宅区的恐怖

——看山下敦弘 94

悄悄告诉"祂"

——阿莫多瓦的女神进化论 97

沙漠里的小男孩

——关于《痞子逛沙漠》 100

睁开眼睛，睁开眼睛

——亚历桑德罗·阿曼巴的幻象世界 104

所有的，所有的，镜子里的爱丽丝

——看《爱丽丝的镜子》 110

《心动》才是《最爱》

——十三年后，张艾嘉的回归与超越 113

林青霞与美好的 70 年代 117

美好的年代，孤独的人

——岩井俊二谈他的年轻时代 120

小·电·影·主·义 123

关于我的第一部剧情长片《有一天》 126

台湾黑电影 127

消失在记忆中的旅行

You are in the future now·东京笔记本 137

谨贺新年 145

OPEN 12：00—28：00 147

恍惚的甜蜜 149

窗上的雾气 150

巴黎的椅子 152

彩虹 156

毕尔包 158

有一天，有一天

南方小羊牧场 163

购物车男孩 169

水上回光 173

37路通往童年 179

东区旧事 183

Seiko 186

寂寞的场所 188

那天下午的草坪 193

我的747 197

开往金门的慢船 202

有一天，有一天…… 209

后记　太少的备忘录 214

序一　季然新书

卢非易

有时读着似曾相识，多半时候，是发出"啊？是喔！"的轻叹；就这样来来回回读了两三遍书稿，还是不知道要写些什么。每天带着拖稿的心事上床，心里默默想着，或许醒来后，就没有这件事了呢。我一直就是胆小的学生，毕业很久以后，还经常梦见"啊？明天期末考！"这样恐怖的事！醒来后，想到现在换我当老师了，真是无比解放与松快！只是，没有想到当老师也有当老师的报应，比如给学生写序这样的事。

我实在记不得多少关于以往的事。但有一年，一个学生毕业回来，追问："老师，你那时候为什么会说季然以后会像你这样的话？"那好像是某一年，他们大二的时候，我作为班导师，跟着学生去阿里山。晚上，一群小孩窝在榻榻米通铺上，好像是在算命或什么。回想起来，那应该是我刚带这一班，季然也是才转学进来，基本上，完全是不认识的状态。我不记得当时是不是说过这样的话，但很确定那个冷冷的阿里山的冬天，大棉被里露出几只白袜子的画面。

窗外有雾，出门就起个寒战，得打起精神，但室内暖暖的。冬天的屋子，小猫小狗都懒懒地窝在那里，空气里就是呼噜呼噜的呼吸和水汽上扬的声音。暖黄的灯和白袜裹着的体温，该活着的都活着，都不需要说什么话，很安静、懒散和放心。

我和季然好像就这样共处一室也好些年，在我们那个不到五六张榻榻米大的研究室，怎么我们也这样安安静静地过来了！很多那种吾爱吾师的追忆中，都写师生们如何酒酣耳热、畅谈学问、议论文艺，等等，我怎么一件都不记得？哑巴的、不负责任的老师！

那时，《小电影主义》电子报刚发行，我收到季然的文章，就一篇一篇读起来。有时想，"啊！是这样的喔！"有时慌张，"啊！都没看过，这是什么电影？"有时忖度着，"怎么突然第二人称你、你、你起来，最近在读朱天心吧？"有时想到，"啊！上次借我的《青春电幻物语》还卡在影碟机里，没有还给他！"完全没有对一尺之外，滴滴答答在用电脑的那位作者，发出"喂！你写的这个……"这样的话语。我对那种没什么才气的小孩，总是尽可能礼貌地鼓舞；对稍有希望的学生，就有点像虐待狂，追着打不死的蟑螂那样；但对那种人家自己活得好好的，也不知会长出什么来的，就很惶恐，安静绕过去，小心不要踩坏人家的菜园。张爱玲说，她喜欢和年纪长的在一起；她瞧不起同辈的人；她害怕小孩子，那一只只空白的眼睛。

几年以后，我在报章上读了《37路通往童年》的文章，就想起来那些空白的眼睛，"看着电影画面般的窗外风景缓缓流过，风景里各种不同面孔的人们，在街道上行走，在商店里购物，在自己家里隔着两层窗户和车上的我对望。城市里有那么多、那么多的人，不知道他们的生活是快乐的，还是难过的，只是透过褐色车窗，无声的远远的他们，看起来都是那么好看，那么令人安心，令人感到万事美好，没有遗憾。"在我的读书年代里，这些眼睛就是雪国列车里的川端康成、巴黎咖啡屋里的加缪与巴特、蔚蓝海岸的安东尼奥尼，或斯堪的纳维亚半岛的伯格曼（啊！《芬妮与亚历山大》！）；在季然的年代里，应该是贾木许、山下敦弘、岩井俊二和朱天心吧！

我羡慕这样的眼睛，好像黑洞，大口大口地将世界吃进去！暖暖的，饱满的，安静又放心，最后不知会开出什么样的花果来。

这本书出版了，记录下生命之眼所见识的人生；也再证明了，强大的生命总会找到自己的出口！

序二 此曾在

孙梓评

一路跟踪《南方小羊牧场》里出现的文本：中国童话、张爱玲传记、《红楼梦》《蝉》《听风的歌》《古都》《荒人手记》《看海的日子》《一生中的一周时光》《白河夜船》《忧郁的热带》……几乎与我昔日的书架押韵，那么，应该可以合理揣度，罗兰·巴特探讨摄影的《明室》也曾寄居他的房间？

罗兰·巴特说："我绝不能否认相片中有个东西曾在那儿，且已包含两个立场：真实与过去。"

真实与过去。所谓备忘，大抵是誊抄真实发生之事，那事情并且已经过去了。倘若摄影借由一帧照片，说明了"此曾在"，照片且随即成为"诠释的停顿"——那么，透过书写挪使镜头转向"盲域"，或诠释出照片、事件所给予的"刺点"，应该就是懂得拍漂亮照片、能导演动人电影的侯季然，还愿意埋首以文字创作的理由吧。

收录在书里的篇章，有童年旧事如《37路通往童年》或《一个小孩的圣经》；启蒙片刻如《迷宫、兔子与其他》或《微凉早晨的回忆》；青春素描如《寂寞的场所》或《蜕变》；追忆逝者如《东区旧事》或《传奇》、城市思索（从"这个城市"到"那个城市"）、阅读笔记（读许多书，当然，也读电影）……

也许因某一类体质相近，常边读着，内心就被他的文字踏凹。仿佛我也曾搭上那辆公车，偷窥青春期的他在无可名状的失落里蚀溶；或曾在京都投宿同一家旅店，听懂了邻房的陌生人，何以枕边有落叶堆叠："在有你陪伴的睡眠里，但愿我们不会承受不了彼此的寂寞。"

最使我惊艳者，比方《东区旧事》借地景拼凑父亲工作轨迹，充满音乐性，甚至漾出微量黑色幽默，追忆的却是"曾在此"的亡父。如今不在，但"此曾在"，消失的摊位与店面，街道绽放的表情，被好记性的侯季然凝视，在饱含魅力的文字中重现。那些看似淡然的说话，没有声嘶力竭的呐喊，或夸张的舞台动作，就像另一篇写密友早逝的《传奇》，只是好诚实写出遭遇突然的死，种种内心运动，而最末，竟那样节制地收束。

诚实，一是尽可能还原画面，如同日文汉字指涉摄影时所用的"写真"；另外则是警醒安排文字，不让过度满溢的抒情或陈腔控制书写者自己。魅力之所从来还包括掘凿自我的深度，像所有秀异写作者所愿意慷慨的坦白，在侧写野百合世代的《继续堕落》，我也读到类似质地：有人在广场上静坐抗议，有人在小包厢里对着荧幕上的偶像手淫。避免被大论述的暴力网捕获，侯季然用他独有的视角，举重若轻跳远，使真实显影，揭穿那些无礼与软弱……这似乎也呼应罗兰·巴特用语："即是此"。

同样使我目光流连不去的，还有与爱情相关的几篇，比方《水上回光》，以三段式结构倒叙一段秘恋，准确而美丽的字眼，读着时会忍不住屏住呼吸，读完后会想要占为己有：如何能这样透明又野蛮地说破感情里两造相互豢养时，体内所蓄积而至淹满而至无路可出的孤独？如何能消耗聪明耽溺世故亦别无选择，接受话语的徒劳、爱的徒劳，而甘愿获赠形而上的拘禁？

此书时间轴横跨 70、80、90 年代，甚至跨越新世纪十年，不免也好奇，侯季然如何从倥偬生活中淘洗出这些，成为"太少的"备忘录？书写虽使照片所不能至的盲域现形，我终究贪心地想象：在他紧凑无暇的拍片行程中，还有多少故事，来不及备忘？也因此，筛留在书中的，更显贵重了。

《明室》中文版封面是由安德烈·柯特兹拍摄的巴黎少年，对他将一只刚出生的乌犬贴近脸颊，面对镜头仿佛警戒着什么的神情，罗兰·巴特如此注脚："他那忧伤、心疼、害怕的眼睛注视着镜头，多么教人心碎而怜惜的凝思！事实上，他什么也没注视，只将他的爱心与惧怕守持心中：注视，即是如此。"

知道这世界的锐利，因此懂得惧怕；不放弃珍重的价值，所以仍愿将爱注入——被侯季然注视的"此曾在"，总让我想起那少年的脸。

藏书票

> 许多许多的故事等待着被诉说、被记录、被虚构、被涂改、被道听途说、被信口雌黄，它们怀着渺茫的盼望在街上游荡、在乱糟糟的咖啡店里抽烟、在河堤上吹风、在离去的喷射机上吃早餐。落叶飞舞的红砖道上，触感冰凉的白铁椅，等待着一张嘴、一支笔，或是一副键盘，将它们化为话语或文字。

钻石瞳孔

　　童话故事的残忍变态，不是什么新鲜事。白雪公主是虐待狂，白马王子有恋尸癖，早被唯恐天下不乱的"畅销书"宣扬得人人皆知，不值得大惊小怪。真正让人冒冷汗的是，即使如此，父母老师们依旧忙不迭地把这些书塞给小孩，使你不得不相信所有的怪胎皆为社会的结果，绝非个人天赋异禀。可是换个角度想，用童话故事偷渡多元的性倾向，让孩子赢在起跑点上，打击无聊的清教徒社会，也未尝不是好事一件。

　　M是我很久以前认识的一个人，我与她的所有谈话几乎都已经超过保存期限，不复记忆，却有一件事留了下来，在我每次阅读童话故事时浮上心头。那是在一段颠簸的马路上，我们经过闹区街口，人群中有许多青涩的面孔，拿着各式各样的传单试图递给路人。大家都视若无睹地走过，唯有她，非常有耐心地接纳每一份递过来的物事，短短的一段路她填了两份问卷、拿了五种传单、买了三包面纸与一支爱盲圆珠笔。等我们走出熙攘的广场，已经是半个钟头以后的事了。

　　M说，她当过发传单的工读生，知道被人拒绝的滋味。她站在街边殷勤地向行人微笑招呼，每个人都把她当作透明。从白天到夜晚，把嘴都笑僵了，却丝毫没有融化人群的冷漠。天色向晚，她看着没有发出多少的一大沓传单，忍不住蹲在热闹的大街上哭了起来。如果这是童话故事，此时应该有天使或叼来金箔的燕子出现。然而，这是20世纪末的忠孝东路，所以她擦干眼泪，自己扮演起快乐王子的角色，举手之劳做天使。

M在街头哭泣的身影，在我心中留下了一个童话的原型。不是指她普度众生的义举，而是在她的故事里那双盈满了泪光的眼睛，象征了平凡生活里无数挫折苦难的结晶，成为一种对真实的艺术处理。我们的童话故事，千篇一律的不只是奇迹的结局，却更是那些穷途潦倒、天寒地冻里幻化成的一双双钻石瞳孔，在阳光照不到的地方闪闪发亮，吸引了神的目光，因此好整以暇地施展救济。童话里可以没有救赎，然而少了钻石瞳孔，童话就难以成立。故事到了这里，总让我想起玩弄着小动物的孩童眼睛。

当然，M不是上帝，没有必要对钻石瞳孔们负责，所以她的善行一直使我觉得温暖。我后来在某家餐厅里又遇到她，当下没认出她，她也没认出我。不过事后想起来也不惆怅，毕竟天使降临之后，童话故事若还有后续发展，很有可能会演变成悲剧或鬼故事的。

巴黎屋檐下

十月份的巴黎，空气里弥漫着一种松懈的气息。暑期的观光热潮已经完全消退，灿烂辉煌的圣诞假期又还有一段距离，整个城市像是处在一场大型舞剧的中场休息时间，场灯全亮，华丽的舞台布景顿时显得平平无奇。路上行人或打哈欠或伸懒腰的，慢条斯理，让人真想踹踹他们的屁股。只有一群群的鸽子，依然热心勤劳地飞上飞下，多少制造了点浪漫气氛。

我提着行李在约定的车站等 A 来接我，想象自己是《一生中的一周时光》里抛下一切把自己放逐的主角，投奔他那个住在老屋阁楼的朋友。书里头，那个潦倒的异乡女子，饿得在巴士底狱广场活捉了两只胖鸽子回家煮盐水鸽。她说："鸽子不是穷人的和平鸟，而是一堆堆会飞翔的动物蛋白质。"我对巴黎的最初印象便是如此的颓废萧索，衬着流浪艺人在寒风中游荡的手风琴声，我仿佛看见一个穿黑长大衣、神情悒郁的东方面孔，在鸽群旁缓缓踱步，伺机下手……一转身，A 的脸孔竟叠影其上。

A 是我大学时的学长，三年前他硬是在军中签下了转服预官，为的是可望存下的一百万元，实现他留学巴黎的梦想。他自愿请调到最荒凉偏僻的小岛，在孤绝的环境里专心读书，每次返台他都带回一整箱被啃完的艰涩书籍，短短的假期里又采购好新的一箱，带回小岛。如此三年十二次返台假后，他不但存到了钱，也存了一脑袋的学识，而且，几乎是一拿到退伍令就马上搭上往巴黎的班机，开始他负笈花都的美梦。

我随着A爬上七层楼吱吱作响的狭窄楼梯，一路上，他兴奋地告诉我，这个租金一个月要两千法郎的"可爱的小房子"，阳台上可以望见巴黎铁塔！当我气喘吁吁地到达这个仅容旋身的小露台时，才知道得在栏杆边努力扭过头越过屋顶方得瞥见铁塔倩影。房间里躺下两个人就再没有空隙了，临睡前A滔滔不绝地诉说着学校里的各种琐事、路上遇见的美丽女孩、公园里野餐的家庭乃至地铁票种种类别，他热切的眼神让我有些不忍，怀疑他是不是很久没有与人畅快地交谈了。问他快不快乐，他马上就回答："快乐！快乐极了！每天出门走在巴黎的街道上我都觉得自己真是幸福得不得了！"

我不知道一个人的决心可以强到什么程度，但是A显然是一个很具说服力的例子。巴黎天空下怀抱梦想的异乡客不知凡几，总有人美梦成真。我相信A是快乐的，虽然我发现流理台下有几支可疑的灰色羽毛。

蝉

"如果我们明年再来，还会有蝉吗？"

"当然有，可是那是另一批新蝉。"

深秋蝉声已杳的森林，举目所及，仍是枝叶繁茂，丝毫没有落叶的迹象，各类不知名的生物活泼奔跑其间，植物与泥土的腥气浓烈呛鼻。只是这一切缺少了蝉声喧哗的音响，夏日气息也就跟着消失无踪，取而代之的，是沉静平淡的秋的况味。也许蝉声才是夏天的关键词，我想，林怀民的小说《蝉》里的对白犹在耳边，远方营地所在已升起了炊烟袅袅，隐约听到有人在喊我的名字，我加快脚步，赶在暮色降临之前离开森林。

夜里，围着营火坐成一圈，火光映亮一张张青春逼人的面孔，烤肉、唱歌、玩团康游戏、互相取笑然后打闹成一团混乱，有人拿出吉他来，一拨弦就是一首轻快的歌："我的名字，叫作×××，嘿呦、嘿呦、嘿嘿呦"，"你的女朋友，是哪一个，嘿呦、嘿呦、嘿嘿呦……"大伙就着旋律一问一答，特别爱问些令人脸红的问题，问的人直接，答的人也不害羞，还兼有动作辅助，更是乐不可支，笑得东倒西歪。我厕身其间，恍如隔世，有多少年没有干过这种事了？这样对生命保有绝佳胃口的，健康明亮的气氛，令我如坐针毡，眼看就要轮到我了，简直想拔腿就逃。

也不过是上个世纪，山巅河滨，还是某人外宿的公寓里，迎新送旧，营火晚会，火锅或是水饺大会，变着花样聚在一起扯淡笑闹的，和今日为了要在众人面前唱歌自我介绍而坐立难安的，不都是同一个人吗？为什么以前觉得有趣的游戏，现在觉得肉麻？昨天感动流泪的故事，今日变成笑料？是不是就像小说里说的，一代新蝉换旧蝉？还是故事结尾，人潮汹涌的西门町陆桥上，有人听见了蝉声，有人不。对白曰："你一辈子也听不到，因为你还没认真去听就先肯定了西门町里没有蝉。"

原来，关键在于相信或不相信吗？

夜深了，营火只剩下微微的一点红光，众人收拾残局准备弄睡，脸上还留着兴奋退潮后的酡红。夜凉如水，星光默默，黑暗里的森林如此寂静。我问身旁一个高中男生："你听得到蝉声吗？"

"哪有？"他说，"现在是深夜两点半，蝉都在睡觉了。"

城市人的乡村

生活在城市里的人，对于乡村的想象，往往是很不切实际的。有些人一生的心愿，就是离开城市，到纯朴的乡下，买一栋小房子，种种菜，养养鸡，宁静度日。言下之意充满了对城市生活的深恶痛绝。遇到这种人，就算你记得乡村里常常爆出一大堆地层下陷、重金属污染、地方角头火并之类的恐怖事件，你最好还是闭上嘴巴，表现出对农村生活的认同。要知道，对于乡间生活的梦幻往往是许多城市人生存下去的关键。他们凭借这份梦想挨过忙乱城市里的每一日，剪下杂志上南方田野的照片贴在办公桌前，假日到观光农场吃吃放山鸡和野菜，然后在城市里终老。乡村对他们而言是驴子眼前的红萝卜，意义在于想望而非实践。

另外一些人，则是莫名其妙地以自己的纯都市血统自豪。他们常常说"唉，我从小在台北长大，过了淡水河我就分不清东西南北了"，或者"我住不惯乡下，没有便利商店我就活不下去"，丝毫无视于便利商店已经像癌症般蔓延全台湾的事实。这些人的骄傲来自于他们肩不能挑、手不能提，如果你指责他们与自然背离，沦为都市及商品化的奴隶，他们还会露出一副如痴如醉的表情。这些人对乡村的印象，可能来自于学生时代唯一的一次旅行，或者某个车子抛锚在省道的黑夜，那无边际的寂静与黑暗中摇曳的树影，刺中他们最敏感的神经。四十年后他们会了解，原来他们害怕的是自己，而只有在拥挤喧嚣中他们才能忘记自己，因此他们热爱城市，宣称此生最大理想是住到最繁华地段的最高一层楼。

你是哪种人？你想起年轻时的某次旅行，和新认识的朋友坐在"复兴号"列车的阶梯口，争辩着黄春明的小说。你坚称都市人对消费商品的迷恋依赖，其刻骨铭心，未必就不如人对土地的情感。然而，台湾岛午后的熏风吹拂下，再怎么地雄辩滔滔，也不禁心虚了起来。你好新奇地发现原来铁路旁杂乱无章的人家后院、废弃的轮胎、缠在一起的电线与藤蔓，在金黄色的太阳和澄澈的蓝天下，竟是如此的舒服自在的姿态；原来单调乏味的农田和乡间道路，缓慢的空气与动物粪便的味道，现在却有种素朴的魅力，使你缄默。你觉得自己像《看海的日子》里那个善良的妓女，从火车窗外的山和海中，看出了新生的希望。你忽然很冲动，对身边的朋友说："我们下一站就下车好不好，管它是哪一站！"

于是你们下了车，怀着激动的心情走出车站，迎接你们的不是山和海，而是你好熟悉的麦当劳、7-11、快可立……塞满了整条街。

你终于明白，乡村只是一场梦、一个理念、一个象征，只存在城市人的脑袋里。而你终究是个都市人，不论你喜欢或讨厌，了解或不了解乡村，都改变不了这个事实。

传奇

大雨滂沱，我抱着一叠书，狼狈地走在垃圾堆里。才刚经历大水吞没的城市，暗影幢幢，建筑物们集体向街道呕吐黄浊的水。我一心地往前走，手中的重量和脑子里都转着张爱玲的警句：这是乱世！我想这礼拜的功课也许可以写个张爱玲练习曲，关于古老的月亮、倾毁的城、悠悠天光里的电车铃之类的。当时怎么也想不到的是，才几分钟后，这个传奇作家竟以奇袭的方式，推翻了我对她长久以来浅薄的想象。

那是一个低沉的女声，从电话深处传来，是你的姐姐。她先确定了我的身份，然后缓缓地告诉我你死了。死因是感冒引起的肺炎，到医院时因插着管子已不能言语，她说，你走时还算平静，你的家人都回国把你的后事处理妥当了，放在某地的一间庙里，要我有空去看看你。

我有点不知道该怎么反应，也许应该是无法置信的，悲伤惋惜的，语气要有能让她感觉到的哽咽、激动，才算是听到好友死讯的正常反应。我努力去做，不想让你姐姐觉得我太冷静、太平常、太若无其事，我不想伤害她的感觉。但是，老实说，我并不太惊讶的。前两个礼拜你的电话老是没人接，可能就有了预感，你知道我没事就喜欢打电话给你的，我的电话簿里只有属于你的八个数字是我不必犹豫就可以拨的，面对你我不必伪装成任何人，然而这电话再也不能拨了。我感到很可惜，接着，有一种失落感。

我觉得心慌，坐立难安，我翻着刚抱回来的一叠张爱玲传记，想随便读些什么集中精神。书里有许多照片，有一张吸引了我，是张爱玲死后有人去拍下她房间的情形。好空旷简陋的一个房间，没有桌椅，没有橱柜，沿着墙放着一些纸箱与纸袋，墙上一片空白。书里说张爱玲死在一张行军床上，手脚平放着，身上没有盖任何东西。在一位友人的回忆里，张爱玲曾对他说，她很喜欢睡觉，"没事总躺着"。

我记得我们最后一次见面，你要我带一套我们都很喜欢的歌手的套装CD给你看，我们到你租赁的住处，一个顶楼加盖的小房间，有一张床，一片竹帘，一盏灯，一套卫浴设备，非常整洁。你给我一杯水，我们在昏黄的灯光下静静听着中学时期的歌，我看到你床头放着一本大悲咒，想到这些年来的电话里，你总是抱怨着人际关系的琐碎，常常休假日下午你接起电话吐出浓浓睡意，原来在房里就睡了一天；几个月前你辞去了工作，不知道是不是为了省饭钱索性就不起床。在我们毕业后的这十五年来，你总是孤独地面对这不尽人意的世界，无数冷漠恶意的脸孔，还有，一个接着一个空洞寂静的小房间。我想到你总是孤傲的眼神、紧抿的唇，忽然觉得像有把刀插到我心里。

我仿佛看见在你最后的时刻里，纵使喉咙干痛，身体发热，仍然不想起床。你告诉自己，睡一觉就好了，然而在越来越炙热的朦胧里，你改变了心意，一直睡下去，就不用绞尽脑汁地与这世界继续缠斗了，也不必为躲避热情的陌生人和虱子，逃难似地换了无数家汽车旅馆……白晃晃的生活里怎会有传奇？唯有在甜美的黑暗里，愿你重回那静好岁月，不论那是1988蝉声喧哗的阳光午后，打瞌睡的国文课；还是1944某个秋凉的薄暮，一个骑单车的小孩撒开了手，轻倩地掠过满街羡慕的眼神……

至于我，只是得删掉一个电话号码而已。

大阪

大阪给我的第一印象很差，和优雅恬静的京都比起来，一出梅田车站我简直以为自己是回到了台北。凌乱的市招、黏腻的人行道、遮蔽天空的高架桥，废气、噪音和粗鲁的人潮满街流窜，使我当场有回头搭原班车回京都的冲动。

我走出车站，穿过一条又一条热闹杂乱的商店街，花了近半个小时才找到号称离车站只有五分钟路程的旅馆。它躲在一家柏青哥旁的小巷里，门面是那种很暧昧的黑玻璃，旁边有整排花花绿绿的酒吧，路口则是一家成人戏院。我瞄了一眼售票口前的海报，果然是一幅汁液横流的画面，当下就觉得安心了。旅游书上说这一带出入分子复杂，有遇抢的危险，但是我却看上这种地方人气旺，应该就比较不会有——鬼？

没错，虽然我没真正遇过鬼，但是看过很多鬼片，还是认为死人比活人可怕。我记得有一次在一个清冷小镇的民宿过夜，老板娘派给我一间十分萧索空旷的大房间，房里有两张床，害我那天晚上灌了两瓶酒，还是止不住脑子里关于隔壁空床种种可怖景象的胡思乱想。一直到了窗台透出蒙蒙的晨光，才勉强入眠。所以这次的房间不但小，而且还可以听到邻居传来的卡拉 OK 声，算是很合乎我的理想。

不过还是有美中不足的地方，这里居然没有电视，没有电视声响的空房间多可怕，我只好拿出行李箱里的小说来抑制自己乱想。这本书是村上春树的《神的孩子都在跳舞》，一开始就讲一个妇人连续看了五天电视里房屋倒塌、桥梁断裂的画面，然后离家出走的事。我才记起这个城市前不久才发生过死伤惨重的大地震，那么，一个可怕的念头诞生：这城市里不就充满了新的亡魂吗？

想到这里心不禁发毛，真懊恼竟然在此刻翻开这本书，今晚恐怕又要失眠了。

然而，当我看完小说中一个个因地震而倾斜的人生时，这个城市的面貌却也跟着一点一滴地立体了起来。原来印象中忙乱的街道、横生的陆桥、甚至那张成人电影的海报，都是经历了毁灭性的地震，从破碎中再生的啊。而满街奔忙的人们，也都各自怀抱着属于自己的曲折故事，奋力地活下来。我试着描摹混杂在人群中亡者的面孔，只觉得生生灭灭的生命，深邃而宁静，不知不觉地睡着了。

单人飞行

"我讨厌旅行,我恨探险家。"你在候机室里,等在前方的是一段期待已久的、跨越半个地球的飞行。可是此刻,列维-施特劳斯在《忧郁的热带》里开宗明义的一句话,混杂着大片落地窗外、停机坪上飞机尾翼刺目的光,反射进闹哄的大厅,自平稳不带感情的广播女声口中说出,一字一句,语调铿锵,竟使你心有戚戚焉。班机将在十分钟后起飞,你穿着新洗好的牛仔裤,新买的衬衫,旧软的鞋;下巴有两道早晨刮胡留下的伤痕,头发蓬松,冒着洗发剂的香味,护照与信用卡紧紧压着上腹部,你因此分外感觉到自己的心跳,惴惴不安好像怀中一头活物。

视野尽处,一架747若无其事地离开地面,以大角度缓缓插入天空,留下浮动虚幻的氤氲。你几乎可以看见,三个月之后,你在咖啡厅里向友人展示你旅途中拍摄所得,正片负片满满两大册。你甚至可以预见那些照片:著名的教堂、路边某家小店的招牌、层次分明的田野、某一顿昂贵晚餐的内容、街头艺人、鸽子、市集、玻璃橱窗上自己拿着相机的倒影、公园里的雕塑、树木、座椅、友善的路人、没带脚架而模糊恍惚的夜景,以及中邪般对牢某个夕阳景色按掉一卷又一卷的底片……

你故作轻松，由他一张张观看，起初他仍热心仔细地询问你照片中种种细节，到后来实在太多太乏味了，演变成一页页匆匆浏览，草率掠过。或有诚实不怕得罪人的，还没看完一半索性就合上相簿奉还，直言看不完了下次再看。你于是微笑表示谅解，耐心地收回沉甸甸的照片们，准备开始下一个与旅行无关的话题。

那些连着几页，不同尺寸，不同角度，但却是同一个地方由艳黄到深蓝的照片，让每个人不约而同地露出奇怪的表情："干吗拍那么多啊？"是啊，你也觉得奇怪，这些跳针似的魔术时刻此时像是萃干了香气的花朵，平板又俗气，完全失去了当时令你着魔的神秘，你想到列维-施特劳斯花费一整个章节描写他在海上看见的日落，巨细靡遗，文字重现目眩神驰的当下，一个人类学家在摇晃的甲板上，顶着海风，激动地用笔记下出现在天空中的每一个颜色。那种狂迷与寂寞，终究只属于自己啊。

是的，无论你旅行了多久，走得有多远，你走到地球的尽头，天堂的门口，徒手攀越沙漠中的巨岩，目睹奇幻绝伦的北极光。无论你多少次热心地向你对面无聊翻看照片的朋友指指点点：这个地方一生中一定要去一次……然而在此刻，飞机拔地而起的瞬间，你心中清清楚楚地知道，这从来只是你一个人的旅程。

第四格

焦躁。没来由的焦躁。

明明电视上正播着期待了一整个星期的影集，你还是止不住地焦躁。心跳快速，坐立难安，巴不得电视台可以快转，快！快！快！赶快看完了它要去办下一件事。

下一件是什么事？不知道。

反正我们生活在一个速度的世界里，凡事要讲求快。快点上公交车，快点吃午餐，快点开完会，快点谈恋爱。走在路上觉得整条街的人都在挡你的路，永远有一堆人抢先你一步排在柜台前，最前面的那个明明银货两讫却不知道在那磨蹭什么，你几乎要吼出来：小姐你快一点好不好？！

快一点，一点不过是一两秒。一两秒的时间把零钱放好，把发票折好，把书包背好，把饮料盖好……可是不行，等不及，等不及，一秒钟也不能等，每一格细微的刻度都在折磨着你的耐性，每一寸土地都不容你久驻。你在电梯里转圈圈，在警察面前闯红灯，在捷运上吃午餐，在每条队伍的末端像个拳击手似的跳跃着。你看不下大片文字，改看连环图，应雾连环图，间不容发的时间里吞下四格四格荒诞的城市人生，起、承、转、合，用最经济的时间反省自己的生命。

到底有什么等在前面，驱使我们如此狼狈、慌张地前仆后继？你想到小时候玩的掌上游戏机，就是这样紧张的情境：也许是一个消防员，面对一整栋大楼十几个窗口无休止地冒出火苗；或是一个小村姑，要接住一屋子蠢母鸡源源不绝的鸡蛋。她死命奔跑，顾此失彼，你的两个大拇指按键按得红肿，仍然追不上火焰和母鸡的速度。终于，大楼烧毁了，鸡蛋全破了，在马不停蹄的追赶后出现的（小村姑含泪凝视的），只是简单的一行字："Game Over"，浮在烈焰映红的天空里……

啊！你顿时领悟，等在所有追逐与焦虑后面的终极目标原来是——死亡？绿灯前夕，倒数计时，尖峰时刻积蓄着怒气的十字路口，这个意外又绝对的答案猛然跳进你脑中，使你失神了一秒。

只一秒。画面停格，时间凝止，四格漫画的第四格出现……

还来不及有什么感想，绿灯已经亮起，身后一整条马路的愤怒排山倒海而来，喇叭震天价响，你只得没命地往前冲。

电梯怪谈

有什么场所会比电梯令人不悦,我实在想不出。有人会把搭火车、搭飞机、甚至搭电扶梯当成一种乐趣,可是就从来没听过谁会为了搭电梯而搭电梯的。我常常幻想着电梯门后面,存在一个陌生怪异的世界。果然有那么几次,正准备走出电梯,门一开,竟然是偌大一个亮着惨白日光灯的地下停车场,那一刹那,我真的以为我日复一日的妄想成真了。还有一次,失神地在电梯里等了好久,久到想起倪匡小说《大厦》里,那部一直上升、一直上升,不知要升到哪里去的恐怖电梯,心底一阵发毛,才发现原来自己忘了按楼层键。

一个人的电梯令人害怕,两个人以上的电梯却更加折磨。电梯里抽烟放屁的就不提了,最讨厌的是碰见半生不熟的邻居。为此我进电梯前一定眼观四方,以免遭殃。然而马有失蹄,双方只好互抛一个傻笑,接着,邻居:"啊……你现在几年级?""毕业了。""喔,要去当兵了吗?""退伍了。""嗯……在哪里上班?""在学校。""当老师?""不是。""当学生?""不是。"……幸好我家不是住在24楼。

也有令人起疑的。两个女人,A:"你知道前几天沈医师死了吗?"B:"真的?"接下来两人就住嘴了。害得我在一旁心痒难搔,简直要借故向她们搭讪，好套出沈医师的死亡真相。

最诡异的也是另外两个女人：年纪大的，高胖，穿着随便；年轻的，瘦小，服装正式。两人进了电梯，半晌，高胖女人陡然唱起女高音："请你~把爱的心~散布到每个角落~"窄小空间里抖音来回震荡，直觉什么模范母亲、三级贫户就要出场。一曲将尽，年轻的才小声抱怨："妈，好了啦。"母亲悻然闭嘴，抽离了澎湃爱心的小小电梯厢，顿时显出了比刚刚更加尴尬的空虚。

当然最多的还是寂静如永死的沉默。几个形貌各异的人，不约而同的死鱼脸，眼睛紧盯着显示楼层的电梯小灯，1、2、3、4……感谢上帝，残忍地给了我们电梯，但也仁慈地赐给我们显示楼层的小灯，我们可以没有友邦，可以没有下水道，可以没有相亲相爱的情人，但是我们千万不能没有显示楼层的电梯小灯！

冬之猫

从小到大，陆续死在我手里或侥幸逃脱的文鸟、青蛙、金丝雀、巴西乌龟、白老鼠、若干昆虫、鱼类，与我的关系，总不是很亲近。也许是个性不合，大小悬殊，也许因为物种差距太大，难以沟通，我们之间一直停留在喂食者与被喂食者、加害者与被害者的层次，缺乏心灵的交流。我所能想到勉强与我有称得上长期而亲密关系的动物，是一只美国短毛猫。然而它也不是我的猫，它是我室友的猫。

此猫没有被命名，在很幼小的时候被室友P买下养在房间里，P不在时它就在房间里咪咪地叫，小小的脚从门缝下死命伸出来乱捞一通，把住在P对门的S的拖鞋捞进去咬了个稀烂。S对P抱怨，P就用烂拖鞋打了猫几下。没多久，全屋子的拖鞋都叫猫给咬了，它也不知挨了几次烂拖鞋的打。

P是一个莫测高深的人，平常不多话，但是养了猫之后他不时有兴冲冲跑到客厅里，叫正在看电视吃零食的我们去看猫的举动。譬如他帮猫洗澡，把猫放在浴盆里开始放水，水渐渐满了，猫漂浮起来不停地划动四肢，他就跑出来说："快看！猫游泳！"又有一次他把猫关在窗外四层楼高窄窄的平台上，猫竟然用爪子攀着纱窗而上，从气窗爬回房间，他于是又如法炮制，然后冲到客厅说："快来看！猫攀岩！"

后来我与 P 住同一个房间，将近一年的同居生活里，我与 P 说的话，可能还不如与猫说的多。和猫住在一起是很臭的，而且所有的东西都粘上了猫毛，床铺上有时也会出现一摊猫尿，于是我也开始学 P，用它最怕的吹风机恫吓它，或者抓住它的后脚把它倒吊起来。搞到后来，每次我一进门，它就一副缩脖眯眼准备遭殃的模样，就好像 P 进门了一样。

　　夏目漱石写《我是猫》，描写从猫眼看见的世界，人的行为多么滑稽可笑。那么，与我们同住的这只猫，眼中的人类又是什么样的呢？简直不敢想象。

　　曾经在寒冷的夜里，我用棉被紧紧裹着身体睡觉，朦胧中感觉到脚尖冰冷处有一团温暖蓬松的东西钻了进来，贴着小腿、大腿爬行过来，在胸前停了下来，把它小小的头冒出来靠在我的枕头上睡了起来，多了一个生命体的被窝马上暖和了许多，我们并肩而眠，恍惚有甜蜜的感觉在冷空气充斥的房间里燃烧起来。

　　可是我一向无法与人分享床铺的，几个翻身，还是把猫给撵出被窝了，它好梦正酣，睡眼惺忪在寒冷空洞的黑暗中怔忡着，我翻身睡去。第二天起床我看到它蜷曲在棉被一角正睡着，小小的身躯随着呼吸起伏，清晨的阳光在它的耳朵尖、胡须尖静静地闪烁，我看着它，没有移动，想让它宁静的梦境再延续五分钟。

　　后来的后来，我们都搬走了。在路上遇见 P，问他还养着猫吗？他说送人了，送给一个朋友的朋友，我不认识的。我再也没见过猫。

　　只是往后每一年的冬天，每一次寒流来袭，瑟缩在冰冷的被窝，总是会想起那些寒夜里，从脚尖一直蔓延到脸颊边的跃跃暖意、细细鼻息。那是我认识的一只猫。

很久很久以后

很久很久以后，我接到 L 的电话，说是要请我吃饭。

"你记得吗，三年级有一次你帮我付公车票钱，那时我就说要请你吃饭的。"非常热情的语气。

我完全忘了这回事，那时我们都毕业好久了，正各自念着不同的大学，已经有三四年没有联络了吧。

我和 L 不算很熟，也不算不熟。他是那种所谓"沉浸在自己世界里"的人，总是坐在最后一排的最后一个位置，桌子下藏着尼采、黑格尔之类正常高中生完全不会有兴趣的怪书，脸上挂着顽皮的微笑，并且非常认真地倾听别人说话。他真正让大家印象深刻的是有一次，在全班陷入昏迷状态的历史课上，L 忽然气冲冲地向着讲台上乡音浓重的老师发表了一篇义愤填膺的谈话，呆掉的老师回过神来，也大声地驳斥回去。被惊醒的同学们，根本搞不懂他们在吵些什么，只记得 L 满脸通红的样子好像变成了另一个人。

后来 L 搬家了，和我同一条公车路线。漫长的车程里，L 喜欢谈一些非常严肃的问题，譬如"人活着是为了什么""你有想过死后的世界吗"，他还说到当时正流行着一本叫《完全自杀手册》的书。但老实说我不大感兴趣，而且一想就头痛，所以我常常装睡，有时也真睡着了。摇摇晃晃中醒来时，看见L也在我身边睡沉了，我看着他酣睡着的俊秀白皙的脸孔，有种纯洁又叫人心痛的复杂感觉。正想着，忽然发觉我们都睡过了站，赶紧叫醒了L拉铃下车，然后一起到对面去等回程的车。

这都是好久以前的事了。

L和我约在一家铺着贝壳砂的红茶店，不着边际地谈着毕业后的种种，尴尬的冷场不断出现，可是我隐约感觉他故作轻松的微笑里有种很深的忧伤。果然，红茶快喝完之前，他问我："你知道白金戒指的传说吗？"

他说：如果你在一个女孩子十九岁生日时送她一枚银戒指，二十岁生日时送她一枚金戒指，二十一岁时送她一枚白金戒指，那这个女孩就会得到永远的幸福。

接着L开始说起他的一个学妹，他已经送了她银戒指和金戒指，过几天就是她二十一岁的生日，而他已经准备好了白金戒指……L的眼神变得非常热切，闪着异样的光芒。我这才领悟，原来L要说的是这个。但是，为什么找我呢？我嗅到了浓烈的孤独气味。

"那女孩知道吗？戒指的传说。"我问。

"她不知道，她只是要我别再送那么贵重的礼物给她了……"L的眼神黯淡了下来。

从L的眼神里，我忽然发觉了某种东西，我不愿说出那样东西的名称，我只能说L已经离这个浑噩的世界越来越远了，我几乎可以听到他离去的脚步声，而他要去的地方，是一个属于他自己的世界。

然而，是在漫长时光里的哪一个时间点上，L决定偏移了他的方向呢？我不禁出神地追索起来。

黄昏天色近宝蓝的时候

"黄昏天色近宝蓝的时候,她总会觉得孤独,想走到天边去。"

这是《昨日当我年轻时》的第一个句子。才一句,就把整本书给说尽了。纵然如此,在青涩如一颗绿橄榄的年代,你仍然把这本书来来回回翻得起了毛边,屡试不爽地在读第一句"黄昏天色近宝蓝……"时,把世界都沉淀下来。而这很久很久以前牢牢记住的句子,在多年后的雨夜,随着今年春天第一股濡湿腥味的暖风飘进鼻孔,像是一道通关密语,刹那时空错置,你茫然不知身在何方……

"我在哪里?"

你在往城北的公车上,车里车外一样空旷。还不到开冷气的月份,你把脸凑近死命拉也只能开一条缝的车窗,努力嗅着灌进车里的凉风。五月的阳光闪耀在脸颊初生的汗毛尖,汗流浃背却浑然不觉。那是翘掉四堂课的下午三点多,只为窗外的天空太蓝太高,心情高涨地让你在教室里坐立难安,你跳上第一部出现的车,随便开往哪里都好,总之是要一个陌生的地方。

"几年几月?"

那时候,走很长很长的路是一种享受,也不渴望有伴,独自一人在红砖道上转圈圈就觉得很浪漫。常常脸上止不住笑,也不知道为了什么。一切事物都尚未命名，只要公车多坐了几站，就觉得自己已经浪迹天涯。容易无端端因为一个好天气而雀跃，容易迷恋偶像歌手，容易为一首歌或一本书流泪，容易紧张，容易相信未来，容易把不愉快抛诸脑后，容易忽然有一种冲动，容易说："我爱……"

那时候，身体里真气充盈，忍不住就拔足狂奔三四个路口。宛如飞行般掠逝的街景里，你觉得自己可以就这样继续奔跑一百年。

"然后呢？"

你按图索骥寻到小说里的场景，一棵老宅院外的枫树，或对岸观音山下一星像泪珠的灯火。你登上有一座雕梁画栋饭店的山丘，等待夕阳将尽的穹苍转为宝蓝，化成紫色的烟雾笼罩街灯初亮的城市。几乎要黑夜了，却还有一点点天光收不尽。你眼中万物影影绰绰，像一种幻觉。你远眺那时还没有捷运水泥柱的城市，没有度数的眼镜映出万家灯火，心中一角隐隐牵痛。那是什么？你想那也许是书上写的"惆怅"。

"当黄昏天色近宝蓝的时候……"，你将汗湿的发迎向猎猎的风，只觉得通体清凉，胸口溢满了说不出的孤独感。而且，一点儿也不会头疼。

家明与玫瑰

闭上眼睛,他依稀还嗅得到一股潮湿而刺鼻的味道。那是塑胶皮混合着纸页、消毒水与铁架的气味,在空旷的房间里静静蒸发着。奇怪的是,这股气味在他脑海中所引发的连串名词,却是栀子、荼蘼、曼陀罗、风信子……这些美丽的名字;还有远方的涛声、荒废的游泳池、山顶别墅的灯火,然后,一道响雷惊醒了他。

睁开眼睛,他看到城市上方的天空乌云密布,大粒雨滴急速坠落地面,不一会演变成从天而降的洪水吞没了整座城市。闪电倏地出现,打亮整个阅览室又熄灭,他刚在绿色塑胶长沙发上一觉醒来,亚热带岛屿每个夏季午后例行的对流雨正热烈上演。他握着看到一半的小说,心里想着明天的期末考,幻想等一下闪电就会破窗而入劈死他。

满怀着罪恶感,他继续贪看书架上整排的亦舒小说。他今年十三岁,当同学谈论着电玩秘籍和女孩时,他最大的恐惧,却是每天回家的那一刻,不知是否又是永无止境的争吵等着他;而他最大的快乐,是早晨走出家门,并且说好了放学后到图书馆去准备考试而可以晚点回家的那一刻。这座隐藏在巷弄里的小小图书馆,便是他苦涩青春期里的避难所。

其实,亦舒一篇篇小说里的城市爱情,并不特别吸引他。令他向往的是那个由短句构成的明朗世界,省去了累赘的形容词,干净利落,连角色们也简单明了,男的都叫家明,女的都唤玫瑰;故事纵有悲欢离合,但绝不痴缠啰唆,大家点到为止,各善其身,谁也不会野蛮地把自己的寂寞掷到别人脸上。那样的世界,是十三岁的他所能想象的最完美的天堂。

雨很快就停了,他放下小说,走在半干半湿的红砖道上。太阳从乌云里露出脸来,被雨刷洗过的城市清新又明亮。玻璃帷幕大厦群集的区域,人们纷纷走出来透气,他走到红男绿女中间,仿佛听见了书里的对白——

"你叫什么名字?"

"家明。"

"你呢?"

"我叫玫瑰。玫瑰花的玫瑰。"

唉,他想,这真是个美好的世界。

继续堕落

90年代已成往事,我们走在新世纪的街头,不景气的城市,寒风阵阵,旗帜飞扬。放眼望去,整条马路黑压压的一片,大人小孩皆是一脸严肃,紧抿嘴唇,耐心忍受着拥挤,沉默而坚定地缓缓向着东方前进。想是逃避瘟疫还是战祸的难民,其实是赶赴新百货公司的人潮。

我们挤在难民队伍中,慑于集体的执念,不由得心生悲壮之感,恍然以为在革命的年代,乌云密集的天空下,变魔术似的一朵巨大野百合,从中正庙广场坚硬的地上长出。其雄伟突兀,令众人猛然意识到自己的悲壮,一时间澎湃翻腾,难以自已,纷纷停下了手中的扑克牌。

"中正庙",我们犹记得第一次听到这三个字,刺激得脸都红了起来。那是某个清冷的下午,一个不算太熟的社团学长,忽然很亲切地向才是新生的我们滔滔地说了许多话,关于身为一个年轻人应有的使命与热血。末了,留下一本书,嘱我们好好阅读。"这本书你应该要看,会改变你的人生",学长一头乱发下黑框眼镜里的眼睛洋溢着热情,那里面有一个深奥又崇高的世界向我们张开了双臂,如此荣幸,让我们感激涕零,受宠若惊。

可惜的是,到头来我们终于还是辜负了公理与正义的召唤,当他们忙着跨校串联、游行静坐之际,我们却懒惰贪玩,整日流连在当时满街都是的MTV小包厢里，用茶几抵住不能反锁的包厢门，一边注意着门上透明的小圆孔，一边对着银幕上的偶像手淫。中正庙前如火如荼，学长们难得回学校上课，看到我们在社团留言簿上仍然是不知亡国恨的风花雪月，不由得心急如焚，写下了一则又一则痛心的劝诫。我们许是恼羞成怒，竟报以冷漠与怠懒。总之，那些"会改变我们人生"的书，我们都没有看——至少在当时是绝不看的，因为赌气。

革命的年代远去，我们终于读了书，却耽溺于细节琐事更胜于民族大义。报应不爽，我们果然长成了他们口中浑噩的人，在人潮中不由自主地向更稠密处前进。推挤间我们看到学长们的大幅肖像飘扬在天上，他们的皮肤光滑，眼神明亮，笑容热情诚恳一如十几年前我们受召唤的那个片刻，绿的、蓝的、黄的，光鲜夺目。然而，我们既然可以拒绝天国一次，当然可以拒绝第二次、第三次。有人说，救赎是更大的诱过。神爱世人，世人爱新的百货公司，我们闷头向前，赶在审判来临前再抢两罐打折的SK-Ⅱ。

京都沉睡日夜

到日本的第十天，我睡到 11 点才起床。

其实还不算起床，我只是把眼睛睁开了，睡眼惺忪地看着旅馆梳妆台上的吹风机、小电视、昨夜买回来的杯面、从椅子垂到地上的浴巾、敞开的行李箱……全都安详宁静地以舒服的姿态各自沉睡着。从窗帘缝隙里透出来的阳光，在浅褐色的地毯上拖出一条细细的金线，门外隐约传来欧巴桑清理房间的声响。我盯着阳光里飞舞的小灰尘发呆，像是《白河夜船》里那个嗜睡的女人，完全不想起床。

我还记得昨天夜里的京都好安静，凉风中混着年老的木头与漆的味道。走进竹帘与灯笼悬挂的巷道，小心地在转弯的时候放慢脚步，绕一个大圈。忘了谁说的，在古老城市里行走请留意，转弯当心别撞上匆匆赶路的鬼魂。我与这古都的灵魂们摩肩继踵，不时向它们探听门墙里的秘密，请教人生的真相。一直到鸭川畔的酒家纷纷送出醉酒的客人，在路边高声唱歌，川里的水鸭们也都躲进垂柳的深处，我才踱到了落脚的旅店，与夜的旅人们互道晚安。

入睡前芭娜娜小姐告诉我这个关于睡眠的故事，寺子受困在漫长的情妇生活里 失去了原有的活力，如潮水般汹涌而来的睡意，使她每天如梦游般的过日子，她以前的室友，一个以陪伴睡眠为业的女孩，则拥有不可思议的能力，能让人们将心中郁积着不可名状的疲惫与挫折，在与她一起深深的眠梦中释放出来。每天夜里她凝视身旁熟睡的面孔，同时也看见了那个人内心的风景。是这样磨损心神的职业，长久下来，她终于背负不了太多深藏在他人心灵的哀伤而自杀了。对于亡友的怀念使寺子重新思索自己的生命。故事的结尾，寺子在夏天河边一个个绚烂的烟火中，再次体验了生命里向阳的一面。芭娜娜写道："愿世上所有的睡眠平静安稳。"

合上书，把床头的小灯转暗，桌上的镜子映照着窗外阒静的星空，月光把天空里跑动着的黑云洒上朦胧的银边，我看见自己的灵魂在窗外向我微笑。晚安，古都，我要睡了。在有你陪伴的睡眠里，但愿我们不会承受不了彼此的寂寞。

罗曼史

迷蒙的眼睛,挺直的鼻梁,娇嫩的唇,晶莹的肤色与如瀑的长发,你降生于破旧公寓里把所有人都吓坏了。你的光芒充盈蛛网密结的死角,从门缝倾泻而出。你拘谨严肃的父亲不敢直视你的脸,瘦弱有忧郁症的母亲害怕你。你身穿整洁的薄衣裳,脚踏清新的鞋,抱着一本西洋翻译小说,步出家门到巷口买一瓶酱油,整个社区的人皆驻足仰望你如天使下凡,你的圣洁洗涤凡人的心灵,你的笑容使他们忘却不幸的人生。

你的光芒可以点燃世界,却照不进自己的心房。你凝视镜中的女孩,她像一朵卑微的小花开在阴暗潮湿的墙角,没有人看见它的绽放。你伤感自己的渺小,痛恨自己的贫穷。你把善感的心绪寄托在小说里,穿梭于幻想与现实之间,口吐睿智哲理,梦幻连篇,朋友同事全不能听懂。你微笑旁观她们饮食、吵闹、恋爱、结婚好像某种愚蠢而善良的动物。你是高中生,是大学生,是护士,是老师,是画家也是文书抄写员,你是街头任何一个平凡女子,但任何一个平凡女子皆不能是你。

你是如此专心、耐心地等待,掩盖自己的容颜与身世,婉拒凡人的追求。你不知道自己要什么,但清楚知道不要什么。你大隐隐于市,等待有一天命运出其不意地攫获你，翩翩然自云端之上现身，从私人飞机的小窗口发现闹区人潮中的你。无论沧桑历尽，群芳围绕，还是身家显赫，日理万机，又或者天才横溢，叛逆孤傲，长着一张英俊的脸，只钟情于你。你把姿态做足，哄他夕阳下、青草地、沙滩上来回奔跑，因为爱你而忌妒发狂，散尽家财只为博你一笑，用缀满鲜花的跑车载你回他林荫苍郁的城堡。

你是如此、如此美丽，再怎么雄伟严肃的宅院也承受不住，纷纷迸裂崩落，唤醒古老的矛盾与仇恨。你踏进悬挂水晶灯的大厅，秘密与谎言因而重见天日，你的母亲颤抖着指认你与他有相同的血缘。晴天霹雳（天啊），你夺门而出，穿越植有蔷薇与迷迭香的庭院，任露水沾湿你的赤脚与衣襟。白雾迷蒙，山路崎岖，峰回路转处你猛然撞进他的怀抱，温柔语气告诉你禁忌破解，原来他的父亲也另有其人，而你们的婚礼仍原封不动地等在幸福山谷。于是，迷雾散去，百花齐放，你叹息，你怔喜难言，你闭上含泪的长睫毛，感受他的气息缓缓包围住你，一种柔软的触感落到你的唇上，你深深吸了一口气然后——

你醒了。

迷宫、兔子与其他

我想到兔子。

有一年，我们班忽然流行起养迷你兔的风潮。先是任国祥，那个家里开药局一脸严肃的方脸，鬼鬼祟祟抱了只只有手掌心那么大的灰色小兔来上学。他开始还遮遮掩掩地装神秘，把兔子藏在抽屉里，用肚子紧贴着抽屉口防止它跑出来。他抬头挺胸、怪异地端正的坐姿，使得他在一群斜七歪八的怠懒学生中显得特别突出。几个人发现事有蹊跷，一下课，就合力把任国祥拖离他的桌子，发现了他的兔子。接下来的社会数学理化课，大家频繁地在桌子下传递那只可怜的兔子，一群走在外面简直是牛鬼蛇神的放牛班男生，玩起兔子来，一个个天真可爱得不得了。那天放学，一群人簇拥着任国祥，叫他领路带大家去买兔子的地方。

第二天，三只兔子。第三天，八只兔子。就这样一个星期过后，几乎全班每个人都有一只自己的兔子。棕的、灰的、白的、黑的、花的，仔细地藏在自己的抽屉里，热烈地交换着饲养心得，上课时变得非常安静。以往总是要声嘶力竭奋战的国文女老师诧异极了，她不着痕迹地绕到教室后，才发现每个人都好专注温柔地正抚摸着抽屉里的兔子。

一个月后的某个下午，阴暗的工艺教室里，我们把兔子从外套里拿出来，让它们在大桌面上进行社交活动。正嬉闹间，班上个子最矮的周文庆的那只黑兔子，突然四肢伸直，脖子软软地垂下，就这么死去了。失禁的尿液大量涌出，从桌子边缘滴到了周文庆的腿上，大家忙着擦拭桌上身上的尿液，竟是一片沉默。

下课时，大家陪着哭丧着一张脸的周文庆，在教室前的杜鹃花圃埋葬了死去的兔子。接下来几天内，所有的兔子相继暴毙，没多久，就死得一只也不剩。有人说是染上了瘟疫，也有人说是因为生意人给兔子施打了某种长不大的药剂。学期终了，大家也就把兔子的事忘了个精光，过回中学男生该有的生活去了。

怎么会记起兔子的事呢？也许是昨夜看的骆以军的小说里，他提到"道路十六"。那种在一重又一重的迷宫里，不断地寻找、追逐与被追逐的游戏。在养兔子的同一个时期，我每每手心出汗地紧握着偷来的五元硬币，走进铺着潮湿的红地毯与黑色玻璃的电玩店里，一遍又一遍地在荧幕光点组成的迷宫里冲撞，消耗掉那些身体正在发育着的夜。

迷宫……我因此怀疑，是不是所有沉积在过往时间中的不起眼的小事件，都是指向虚无未来的某种符号，某种精心设计好的隐喻或伏笔。在仍然懵懂无知的时候，向我们预先展示如水晶球里的影像。包括接连暴毙的兔子，包括荧幕里永无止境的迷宫。

后来我们班的打扫区域移到了工艺教室外的广场。某日，不知是谁起的头，一群人挖掘起当初周文庆埋下的兔子尸体的地方。我们足足挖了两个手肘的深度，却空无一物。又不甘心地挖了花圃的其他位置，甚至邻近几个花圃也都挖遍了。然而，空无一物，什么都没有。

消失的兔子。(暗示着什么呢?)

天色已晚,钟声响起。一群喘着气的中学男生,排成一列,罚站在被挖得乱七八糟的花圃旁。我们姑且就把这幅画面当作故事的结尾吧。

牧羊人之梦

1997年，某个星期天的早晨，我在金门山外的街上买下了这本《种树的男人》，这是我入伍以来买的第一本书。我不认识作者，对书的内容也不甚了解，会选它主要是因为它很薄，适合藏在迷彩裤口袋里；很便宜，我还没领到第一笔薪饷；而且图很多，字又大，老实说那时没什么阅读的心情。

山外是岛东最热闹的一条街，街上有电影院、电动玩具店、红茶店、租书店，对一个新兵来说很不赖了。只是想到未来两年的休假去处也只有这条街时，就不难理解为什么一堆老兵放假情愿留在营区睡觉。事实上大家也不敢在街上乱逛，因为街上随时会有宪兵冒出来抓人，被抓到随便被记一条违纪都不是开玩笑的。真正逼不得已要上街购物时，也得在步出这一家店与抵达下一家店之间，仔细观察街上动态，然后迅速行动。喔，我忘了说，宪兵是不能跑到私人店面里去抓人的。

因此，一个金门阿兵哥的典型休假日，就是窝在某家提供冷气电视的店里泡上一天。钱多一点的，就去有柜台辣妹灯光昏暗的红茶店；钱少又菜的，则多半集中在这家设有座位的面包店二楼。在这里做什么呢？一眼望去，几乎每个人都趴在桌上睡觉，像是要补足一生的睡眠似的。我常常错觉这满屋沉睡着的草绿色动物前，喃喃播放着的港片电影台，正播映着他们集体的梦境：跑车、游艇、波霸美女、五星级饭店里的游泳池、最后关头反败为胜赢得几千万美金的赌局……

在弥漫睡意的房间里，我无聊地翻着刚买来的小书，里头讲着一个沉默的牧羊人，每日不间断地在贫瘠的高地上种下一百颗橡实。四十年后，荒凉的黄土长成了一整片茂密的森林，干涸的河床又再度流动，野兔与野猪奔跑其间。人们开始来此定居，农庄旁有肥沃的田地，空气里飞扬着种子与孩童的笑语……而这一切，都源自一个牧羊人坚定无私的意志，他改变了世界。

如此简单的故事，却奇妙地安慰了这个荒芜的岛上假日。傍晚时分，回营路上，走在两旁植满高大树木的林荫道，斜阳穿越斑斓的树影。我想到也是四十年前，这座长满坚硬花岗岩的小岛，人们在岩石下凿出了地道，在岩石上种下树苗，想象着浓荫遮蔽的未来，敌人从高空俯瞰时，将不知把炸弹投向何方。

是这样别致的岛屿，与一波波种树与凿洞的男人，在每个深眠的时刻，蒸腾着梦的醚味，汹涌流出密如蛛网的地道，灌溉着岩石缝里的种子，生成一座酝酿想望的森林，改变了岛的面貌，也注记了男人们的青春。

微风拂来，叶片闪烁金光，一瞬间，我嗅到了牧羊人的梦。

如果在台风夜，一个旅人

　　车停了，我从蒙眬中醒来，窗外一片漆黑。有人喊："终点站！"我看了看手表，凌晨两点四十五分。

　　一下车，挟带雨丝的风在四周流窜着，仅有的几个同车旅客，像是被放生的野生动物般，迅速消失在黑暗中。只剩下我，在黑夜中央，怔忡着。

　　这多像一本小说的开场：如果在冬夜，一个旅人，抵达一座陌生的城市，面对沉睡的街道，困惑又虚无，不知道夜的另一头，会是什么样的故事在那里等待结束？

　　差别只在于我手中没有一只该交出去的行李，因此疑惧着会是谁，以什么样的暗号来接应或抢夺。在这一段情节里，我只是讶异着，原来大家一直认定的大停车场，在凌晨时分真的变成了一条高速公路，使得我原本计划好搭夜车省旅馆钱，然后在清晨抵达这城市的假期序幕，有了意外的结果。我太早来敲门，主人们好梦正酣。

　　我信步走过铁门深锁的市街，寻觅可有一星亮光，让我暂且凭附，等待黎明。可这是个没有夜生活的城市，仔细分辨熄灭的招牌：农具行、名产店、信用合作社，竟然没有半点KTV、泡沫红茶店的踪影，我这才深深体会到许多田野调查里提及的"青年人口流失"这句话，这里的年轻人想必都迁到繁华的北方了。

我找到前往度假胜地的巴士站牌，上面注明清晨六点发车。我反复看着时刻表，心想也许会有奇迹出现，发车时间会因为我的诚心而提早三小时，我就这样运用念力死盯着站牌，直到风雨开始增强，一阵一阵地泼到骑楼里，溅到我的衣服上。我躲进没有照明的楼梯口，想到出发前电视新闻中台风已经远离的消息，越来越相信自己是陷入了小说家恶意的玩笑里。

然而我并不太担心，我记得小说家写的："旅人往往只出现在开头的几页，之后就不再被提起，因为他已发挥了功能，这小说不是他的故事。"

反正这不是我的故事，哪怕是海啸来袭，文明荒废，只要忍耐一下熬过前几页，等到主角出场以后，我就可以自由了吧。想到这里，忽然觉得对街那个被风刮得摇摇欲坠的招牌还挺有趣的。

走失书本的城市

　　是否曾经想过，一生中遗失了多少物件？那些数不清的帽子、雨伞、圆珠笔、车票、铜板们，现在都在哪儿过着什么样的生活啊？你在混乱的房间里浑然不觉，直到有一天，书堆夹缝里出现一只袜子，你与它尴尬对望，瞠目结舌，最后不得不承认你们已然将彼此彻底遗忘了。（那已逝去的结伴同行的日子啊。）

　　"这些年，你过得还好吗？"（深情款款地说。）

　　"马马虎虎啦，混日子而已。"（非常懊恼怎么会选在今天经过这条街。）

　　于是，你开始往回忆里搜索在旅途中走失的朋友们。冬天来了，想起自己曾有过的一条蓝围巾；绿灯亮了，想起刚买车时一顶笨重的安全帽；茶泡好了，才记得买回家后就此消失的一只美国马克杯；银行开了，神经兮兮地猜想哪一张钞票会是自己的旧识。天色暗了下来，整条马路蓬蓬绽开的雨伞勾起你与无数伞们流离失散的伤心往事，不禁在滂沱的城市里痛哭失声。

　　你且记起众多明明买过、读过、借给人过的书本们。一本本的情节、排版、封面、气味都还记忆犹新，可借阅人的脸孔却一团模糊。你打遍每一支熟人的电话，每个都矢口否认自己有任何嫌疑。你觉得那些留着你最初的阅读心情的遗失的书们，就像遭诱拐或遭绑票的孩童，身体携带着血亲的基因在某处默默长大，灵魂却在父母的心中日渐膨胀。许许多多因思念产生的幻觉，因挫败寄托的补偿，日积月累，涂改扭曲，终于长成了一只完美的造物，一个回答你所有失落的终极答案。

等到有一天，在某处长成的孩子突然返家相认，你反而难掩失望地怀疑他怎么会是一个这么平凡的东西。很讽刺吗？却是真的。就像这一天，你来到C的住处，发现你想了十年不知道借给谁的口袋版《红楼梦》的前三集，就好端端地坐在C的书架上，一时之间，兴奋、恼怒、喜悦、怨怼、悲伤好复杂涌上心头……你且忍住呼喊，走上前去细看那三本已然老去的书。你仔细翻看，越来越不相信自己的眼睛，只觉得字体不知为何变得好小，语句之间读不出昔日的感动，那些你记忆中曾经加注圈点的部分，现在你一处也找不到，可是又为什么扉页上竟写着你十七岁的名字……

（你仿佛看见走失的孩子迷惘的瞳孔里映出了一个你不认识的自己……）

你把它们放回书架，强自镇定。C来到你身边问：发现什么啦？你只摇头微笑：没什么。

你想起了家里的后三集《红楼梦》，想到你每次看到后四十回时，对缺席的前八十回带着追悔与憧憬的绮丽遐想，那有如无数学者不断追寻着红楼梦的身世那样，因残缺而宽阔自由的想象，因没有结局所以可以承载无限的诠释。你舍不得心中的前八十回。

于是，你若无其事地离开C的房间，假装没有听见身后的哭喊，做梦也没有想到地，再一次遗弃了你的孩子。

三十岁

三十岁没什么大不了的。相信我,当三十岁生日来临那天,你将会以一种非常平静的心情度过。这倒不是说你已经参透世情,心如槁木死灰,而纯粹是情绪上的弹性疲乏。因为你早在二十五岁,甚至是二十二岁时就已经历过了三十岁,如同你在三十岁的当天就经历过了四十岁一样。该敲锣打鼓幻灭的、悔恨的、焦虑的,早已发泄殆尽,声嘶力竭,真到了行刑日你累得也只得乖乖地束手就擒。

所以,三十岁本身一点问题也没有,问题都出在三十岁之前。三十岁的压力往往使人做出奇怪的事。有人辞去工作,跑到某个鸟不拉屎的海边,准备写大学时代就构思好的长篇小说;有人恋爱谈了十年,却在三十岁前夕与陌生人闪电结婚;有人约了朋友通宵喝酒狂欢,结果在昏睡与呕吐中度过三十岁的第一天;也有人临阵脱逃,实践了每个人在十四岁时都发过的誓——我绝对不要活到三十岁以后。

不管各自循着什么样的路、怀抱着什么样的心情而来,总要到了三十岁以后,才能学亦舒那样板着脸教训人:"每个人都会三十岁,除非你二十九岁那年死了。"

算命师说,要到三十岁以后,我的人生才会变得顺利。这种话我也会讲,像是一个人长得再丑,看久了也会变得顺眼一样,和自己的人生相处了三十年，断没有再被镜中人吓到的道理。三十岁后的人生之所以会变顺利，乃是因为习惯成自然，套一句村上春树的话，就是可以把自己的人生"当作一项事实来接受"。

村上的确很早就接受了自己的人生，他在大学时代就清楚知道自己不适合团体生活，于是自己开了一家爵士喫茶店，一副计划以此终老的模样。快三十岁的时候，没有任何预兆地，他突然想写小说，于是每天利用喫茶店营业前与打烊后的时间，在厨房的桌子上开始写。写着写着，有一天他忽然对妻子说："这篇东西好像还不错哟。"就这样他写出了《听风的歌》。

村上的三十岁经验虽然令人啧啧称奇，但毕竟是少数。大部分的人还是在心不甘情不愿的状况下抵达三十岁，然后从此开始把自己的生辰视为最高机密。我的朋友W在三十岁的生日当天也想装得若无其事，希望可以神不知鬼不觉地度过，不料一进办公室发现她桌上放了一块小蛋糕，上面写着血红的"30"两大字，气得她一个月都不跟那个送蛋糕的同事说话。

W的反应实在太激烈，三十岁不过就是个数字，不值得我们投以过度的关注。三十岁零一天的你与二十九岁又三百六十四天的你并不会有什么差别，无须耿耿于怀。最后要说明一点，我这样说并不是因为我已经三十岁了。事实上，到今天为止，我只有二十八岁又一百三十五天，别搞错了。

生活在远方

每一天要经过的这片操场，我每每怀着空白的心情穿越它。冬天，冷锋过境光秃秃的草原，沙尘遮蔽我的视线；夏天，夕阳余烬初生的星辰，暮色中孩童的笑语温暖心田。投射灯全开的夜晚，走进光明如白昼的足球场中央，好像自己是电影里唯一的角色；深夜返家时分，漆黑一片的 PU 跑道上与一个沉默的跑者错身，那一瞬间逼近又远去的无名躯体，压低的喘息，蒸腾挥发的汗水味，如此虚幻，又无比真实。

我最喜欢站在高处，俯瞰穿着鲜艳服装的小点，在球场上追着一颗球来回移动；或者是一队跑者，沿着操场边缘流利地画圈圈，好像一点也不费力。在长镜头的取景中，一切都简化成几何图案，抽离了声音与愤怒，变得缓慢而诗意。暮色薄拢，远方的城市纷纷燃亮了灯火，操场上的事物逐渐失去了轮廓，像是电影结束的淡出。我隔着厚玻璃静静看着这魔术时刻，然后闭上眼睛，让自己漂浮起来。

我越来越倚赖这遥远的操场，借着眺望操场上的一切，把自己沉淀下来。我开始明白为什么每年印制的风景月历里，有那么多的远景、大远景、极远景。也许是墨西哥荒原月亮升起的黑白阶调，也许是一望无际的沙漠丘陵，金澄澄的落日前一列缓慢移动的骆驼商队。我们都需要距离，生活越盲目，需要的距离越长。我们在墙上挂起用超广角镜头拍摄的大峡谷海报，在开会中途偷溜到窗边去眺望哪怕是一群丑公寓也好的空景，我们需要距离来为自己争取一点空间，让指南针重新定位，好继续前进。

　　生命是一场漫长的旅途，而且不知道终点是什么模样。我想我们就像《愤怒的葡萄》里被迫远离家园的佃农家族，必须怀着对远方加利福尼亚的美好想象，才能忍受着饥饿与疲惫，继续这无奈的旅行。"长途跋涉之中，他们一定也很需要常常爬上高处远眺吧。"正如此想着，我已经走到了操场边，跑道旁聚集着清一色西瓜皮发型的女孩，穿着超短裤露出健壮的腿，是某高中的田径队寒训。他们的教练正向着操场另一头大声喊："欣怡，跟上！不要掉了！"我顺着那方向望去，是一列六七个正急速朝着这里跑过来的女孩，中间有个女孩稍慢了一点，正努力加快脚步，我认出她们就是我刚刚从远方眺望，好像很轻松写意的跑者。才一下子，队伍就奔到了这一头，脚步声与风声破空而来，声势惊人，忽然间，我看清了队伍中那个掉队女孩的表情。

　　她正在哭。纵使她的脸在极速中一闪而逝，我还是看见了，她正在哭，而且是痛哭。她的五官全扭曲在一起，涕泗纵横，可是双腿还是不停地飞快地跑着。

　　看着她绝尘而去，很快地跑完一圈又绕过来。我呆了一下，快步离开操场，没有回头看她。然后在回家的路上，决定今年要去买一份有外太空景色的月历。

诗人先走一步

如果可以，请你在细雨霏霏的黄昏，别上一朵白玫瑰，站在捷运西门站六号出口的阶梯上，翻开第127页，向着满街彷徨的脚步，高声朗读。

"雨啊，密密地落着像森林；我啊，匆匆地走着像猎人。"

于是，汹涌的人潮消退了，耸立的高楼倒塌了，金绿色的田野在你面前伸展开来，青空中升上了一朵红澄澄的月亮，早已消失的铁道与中华商场又重现眼前。你与祖先们并肩站在旧铁路平交道的路口，往南方的火车汽笛呜呜响起，挟着绝对的力量与声势穿越新生的城市。七彩的白雪公主正在铁道对岸上映，你身边的一个诗人不小心在铁轨上发现了往乐园的捷径。

从此以后，岛屿上的儿童们都会在课本上读到这则故事，成年人把它当作交通安全的教材，孩子们却暗自认同了那个赶赴迪士尼电影而意外跑出界的身影，会有谁比他们更明白卡通世界的魔力啊！一直到青春期来临，他们也如诗人笔下的雨中猎人一般，怀着满腔没有名目的热血与空虚，聚集到城市的西边，那著名平交道旁的中华商场里，在商场看不到尽头的长廊上，忙着剪裁偷渡时尚的制服，寻找披头士和鲍勃·迪伦的唱片，长长的商场像一串接驳童年与成人的列车，点心世界的冰豆脑成为少年们永远的乡愁。

青春终将消逝，记忆并非永恒。长大的少年一批批下车，走进一间间有电视的客厅。他们准时上班，收听股市行情，购买人寿保险，星期天宁可与上万人挤进新兴的东区百货公司，也不愿再踏进老旧荒芜的西区。直到那一天，电视新闻播出中华商场即将举行告别大拍卖的消息，人们才又从四面八方涌来，争着抢便宜货，顺便凭吊自己的青春。听说未来铁轨将埋入地底，他们又挤上最后一班奔跑在太阳下的列车，轰隆轰隆，再一次错过了诗人的捷径。

拆除中华商场的那一日，他们说这里将建设成这城市的香榭大道，有茂盛的行道树、宽阔的道路、浪漫的露天咖啡座和两排金光闪闪的名牌精品店。到了那时，走在这样一条大道上，我们将如何骄傲地认同这是货真价实的国际大都市啊！

若真有那么一天，亲爱的，如果你愿意，请你带着诗人的篇章，在这国际大都市的光荣大道上，是的，就在香奈儿黑色大理石的骑楼下，高声朗诵诗人的句子。

届时，你将看见五十年前诗人先走一步的天堂之门。

诗诗诗

我不懂诗，对诗没有共鸣。据说这是因着我的生性懒惰，不肯花脑筋去填满字句之间的空白。当他这么说的时候，我好无耻地当场点头承认了，并且自行补上指控的下半段："是的，所以我偏爱小说是因为有那样多的字，殷勤告诉我女主角的每一个皱褶，领我穿越森林山谷与冰川，还体贴地播放适合的背景音乐。"

"小说的字不一定多过诗啊……"他淡淡地说。想到这里我就非常苦恼，连街上的行人也扭曲起来。然后，你的信就来了。你要我好好保存这绝版兼盗版的夏宇诗集，里面填满了碳粉不足的残废铅字、倾斜的水平线、不对称的页码，以及影印店小妹呕心沥血的断句。

"啊，难道你还不明白，我是不懂诗的。"我在卫兵室里挥舞着枪，一整连的兵都逃走了，扔下晚餐要吃的鱼，还有早餐的美乃滋。晒干的旗帜将一直挂在屋顶上，没有人收。我决定今晚睡在空旷的操场，盖连长的蚕丝被。入睡以前，我要用钢杯里的硬币，打长长长长的长途电话给你，而你将好奇怪地问我：后面的人都不用打吗？

亲爱的，今天是我的生日，辅导长说大家都不可以和我抢电话。在这个难得的安静的夜晚，我要一五一十地告诉你，从我三岁到二十三岁的所有故事：起初（起初，神创造天地，地是空虚混沌，渊面黑暗……），我坐在院子的阶梯上，细心地套上有条纹的长筒袜，穿好鞋子，把手帕折成条状，用兔子头的别针别在绿色的围兜上，有一个高大的女人带领我走过铁丝网阻隔的河边。那是我最早的一个记忆，一个泛黄的早晨，非常早，河水闪闪金光，我沉默，面带微笑。

我们将一直讲到月落星沉，耳朵发疼。你说你困了，而我还没说到小学二年级回家路上看到幽浮的事。

挂上电话，趁着梦境还占领着城市，我翻越围墙，展开我的逃亡。我要在一路上不停地写诗给你，让你在灰暗的世界里每天读到明亮的诗句。我的行囊沉重，装着你送我的诗集、哑铃与一本汉语字典，我默默地忍受那恼人的重量，因为据我所知，诗只属于勤勉的人，而且，讲究押韵。

守望麦田

这一片夜的街景，我早已了然于心。那些空寂的广场、沉默的安全岛、静止的大厦和盲目的高架桥，都已在我心中设籍定居，连同不夜的天空，一齐成为我踟躅午夜的固定场景。

我会在零时零分离开亢奋的书店，吸入一口夜的气息，路旁的摩托车没上大锁，后座遗有塑料杯，还有大半杯甜美的液体水珠晶莹，伸长着吸管乞讨路人的口唇。我故意无视它们的挽留，"算了吧，莫要挂念，我的旅程平平无奇"。我只带着冷漠走进夜的世界。

这里不是巴黎、东京或纽约。我也不是塞林格笔下的彷徨少年，徘徊夜深的中央公园，手冻僵把唱片给摔碎了。我没有在离开酒吧后哭泣，我也从来不曾，从来不曾想要当个麦田守望者。当孩子们在麦田里奔跑，我只是静静地看着。有人跑出了界，跌入悬崖，那也是没办法的事。不要问我，我不在乎。

我更不愿意，把璀璨的街灯当作浪漫的设施；不愿意，想象熙攘的咖啡厅里有温馨的气氛；不愿意，客气地礼让路上的行车；也不愿意，驻足痴看华美的橱窗。不愿意，停下我累乏的脚步，坐在任何一张空白的椅子上、石阶上、大理石上。我知道那会给我一种休憩的舒适，让我对着这一片夜的街景觉得温柔。但是我不愿意，我厌憎那种温柔。

  我只想，不停地走，不停地走。走出这片夜的风景，又会是哪里，哪里都没有我想去的地方。我唯一可以做的，是不停地走，度过时间的每一个刻度。起夜风了，风里有窸窸窣窣的音响，还有露水的湿润。无人收割的麦草们低声哭泣，金黄色的麦粒都滚落了。野风苍茫，月明星稀，何时我越过了麦田的边界，跌进这一片夜的景色。广场、树木、骑楼、斑马线……我已遗忘，也许我从来没有知道过。

  我可曾盼望有人守在麦田的边界，等待着阻止我的跌落？我已遗忘，也许我从来没有知道过。

推理小说之必要

为什么喜欢看推理小说？就因为有一个人死在密闭的房间里，身上没有任何外伤，门窗没有被破坏的痕迹，而且邻居说他每天晨起跑步，身体健康，事业顺利，乐观开朗从不与人结怨……所以，这背后就一定有不为人知的内幕，我们就被赋予了去探究他的死亡真相的任务吗？这不是警察的工作吗？

没错，我们是没有责任，可是我们有这个需要，需要知道那个人是怎么死的。这不是无聊，也无关八卦，而是人类要继续生活在这个世界上的信念之所系。我们相信凡事有因果，死后有地狱，因此我们需要一个原因。这个原因可以被隐藏，可以难理解，但就是不能没有。就像我们不能忍受苹果可以无端端从树上掉下来，而非得罗织出个什么劳什子地心引力来一样，我们无法生存在一个没有原因的世界。

如果没有原因，并不只是"为什么某某强奸杀人却可以逍遥法外""为什么我做牛做马却永远买不起房子"之类的牢骚无法被解释而已，而是细小到日常生活的每一个琐碎知识都无法成立。如果我们不再相信水加热可以沸腾、迈开脚可以到达、登高处可以望远，那生活究竟要怎么过下去？

你可以想象那样的生活吗？

可是，并没有人出来保证这样的事呦。事实上，当我们活得越久，就越小心眼地怀疑简单的答案。我们慢慢地可以理解为什么善没有善报，恶没有恶报、理解不是每个人都喜欢马英九、理解眼见不可以为凭；我们甚至慢慢可以接受水加热不沸腾、一加一不等于二（看了太多脑筋急转弯而狡猾地说：因为大气压力；因为幻觉；因为……），然而，不管再如何难以想象，我们终究还是得为自己找到一个答案。尽管隐约地察觉了一个没有原因的世界欺近身旁，鼻息咻咻，我们还是拒绝面对它。

所以我们需要推理小说。在那个时空里，不只是离奇的案件终会获得解答，包括最顺理成章、最平淡无奇的生活，小说家都会告诉你，原来事情不像我们想象的那么简单，原来平静的表面下有那么多的暗潮汹涌，在所有可理解、不可理解的背后，真的有一套不管是光明还是阴暗的机制在那边运作，只要细心循着线索追寻，就可以发现喔。至于找到以后会是失落还是兴奋，又是另一个话题了，重点是我们总会发现的。

于是，当我们年轻时，为风流倜傥的亚森·罗平着迷；衰老时，与马修·斯卡德在暗巷的酒馆里相濡以沫。无数个虚构的、屡试不爽的破案中我们累积信心，好像吞服着伏特加还是阿司匹林，黑暗中说服自己：这是个有原因的宇宙。然后继续摸索着生活下去。

蜕变

你带着钥匙,准备去开一个柜子。你已经忘记里面装着什么,站在一整面墙的柜子前,甚至想不起是几号,只好一个一个地试,终于在最底层的C73,钥匙转动,你推开那扇门,凉飕飕的冷气袭来,你汗湿的T恤下潮热的背脊瞬时泛起鸡皮疙瘩。你手中握着一杯热气氤氲的香片,走过一排排空荡的座位和无数蒙着外套沉睡的准备高考的女生,蹑足来到你的座位——一个小小的,雪白美耐板隔成的隔间。长124厘米,高95厘米,备一管日光灯,照耀成一片刺目的白,另有一盏小灯,旋开一派暖黄色调。才坐定,你就和大家一样趴下来睡了。空调舒适的暗室里,无昼夜、无意识的深眠,像是一颗颗整齐排列的虫蛹。

睡眠以外,总是被心中不可抑制的焦虑驱使着四处游荡,找吃。一整日冶游回来,看见雪白桌面上摊开的考试书好无辜地望着你,灯泡亮了一天,把书页都烤热了。每天例行公事,翻遍走廊阅报架上的每一份报纸,以及报纸上连载的一篇,一百万的小说,荒人的故事。你追踪着报纸版面上断断续续的五百字、三百字、两百字,把本来就疏离跳跃的叙事,读得时空错乱,不知所终。到底看完了没,已经不复记忆,只记得某一日,短短几百字里喃喃呓语着色彩周期表。眼花缭乱各种名目的颜色，使你茧居荒唐的日子，更加迷惑颠倒。

考试结束，你离开的时候，不知为什么，竟舍不得地保留着置物柜。那里面收着（后来你试了半天才打开）十四本讲义、六本书（簇新的）、三本笔记簿（写着梦游时的谵语）、琳琅满目的传单、过期杂志（彼时整日晃荡搜集而来）、三封信（这人再也不曾联络）、一个保温杯（完全不记得买过）、两颗电池与一个星形的磁铁（这是什么？）。你清理柜子里的物事，像一个考古学家审视出土化石，拼凑自己昨日的面貌。你到柜台结账，一个月三百元，一共三千九百元，你提光户头里的钱，第一次知道也终于觉悟自己的不理性消费，多半源自于一去不返的时光。

事后，你捧着自己的化石，走在下班时分人肉市场般的补习街上，看见书店橱窗里那本你恍恍惚惚读过的小说出版了。你挤在人潮里一页页地翻看，那些破碎的句子总算找到了秩序，一字一字排列出似曾相识，你的倒影。浦岛太郎的盒子打开，你看见自己生出角质，皱纹满布，眼睛浑浊，口吐恶气，原来虫蛹岁月里，已经蜕去了天真。你两手颤抖，低声念出如同海角天涯找到的碑文：

我试图，我害怕，我离开，我目睹，我必须，我是，我屏息，我口干舌燥，我瞬间领悟，我勉力回想，我忍耐，我说，我狂走，我偶然，我喝，我有意，我恐怕，我想，我得，我每每，我讶异，我蹑足跟进，我落荒而去，我整夜，我依循，我争辩，我丝毫，我因此，我还，我仍记得，我曾经。

微凉早晨的回忆

当初他是怎么说的？

"这本书不错，你要看看吗"还是"嗯，最近我在看这本书"？

一定是后者，然后你就像领了圣旨似的，巴巴地跑到书店里寻找这本"他正在看的书"，简直就是什么疯狂歌迷的行为。

他坐很远的公交车来上学，车站离你下车的地方不远。早晨往学校的路上，有时你正好遇到他踽踽独行的身影。他习惯把书包背在左肩，右手插在卡其裤口袋里，歪着头，额前的长发稍稍覆着眼镜，陈旧的黑皮鞋在你前方路上有节奏地踱着。他的背影透着一种脆弱与孤傲，像一颗默默运行的人造卫星。你通常就远远地跟在后头，也不上前去打招呼，通常你们没什么话说。

那时还没有迟到的习惯，常常看到一大早空荡的校园，这种时候你多半会先到社团去坐坐。学校的社团都集中在活动中心广阔的地下室里，一个社团一张桌子，一张挨着一张，没有隔间。两层楼高的天花板，随便一个动作都造成回音效果。热闹时如中午，所有人挤在这里，弹吉他、喊口号、切生日蛋糕，几百张铁制折叠椅在磨石子地上拖弋发出尖锐的声音，都在这大共鸣箱中来回鼓荡，仿佛置身一片亢奋的汪洋，必须大声吼叫才能让身旁的人听到你的说话。

冷清时如清晨，偌大一个地下室里悄无人声，你坐在东面的社桌，晨光从顶端的气窗漏进来，投射在桌上如一个异次元的入口。越过光幕你往另一端望去，遥远的那一端的社桌上，另一个人也坐在那里，头低低的，专心的模样，是他，伏在桌上一笔一画地不知在写什么。你也许横越一整个世界去向他道早安，也许不。你就舒服地坐在这一端，拿出昨晚找到的那本"他正在看的书"，好新鲜地读着那些在杰氏酒吧里喝啤酒的夜晚、午夜的 FM 电台、海的香味……某个微凉的早晨，你们在各自的角落，共享一整个安静的地下室，那一刻你总是记在心里。

毕业前你找了一天搭上了他的公交车，去那个你一直好奇着的地方，他的地方。你在他每个早晨上车的地方下车，看见了一片城市边缘的工业区，四层楼高的灰色房子，黑色的工厂，机具运转声与浓烈的油渍气味，尘土飞扬的路上散布着螺丝帽与不知名的扭曲零件。你怀着说不出的心情环视他的世界，感觉心中有一块地方正悄悄地溶解。

路的尽头是货柜车咻咻飞过的公路，你走进路面下的涵洞感受那震动，来自另一个银河系的震动，把你心中那些属于微凉早晨的回忆重新倒带，如死前的一瞬。你想象着每一个早晨走在这片单调景色里去搭车的种种心情，补上了时光拼图的最后一片。

我口袋里的银匙

在昏暗的房间里读山田咏美的 *Bed Time Eye*，空气暖而湿，鼻子里有浓稠的被褥味，金黄的太阳光扣着紧闭的窗，在汗湿的身体上留下足迹。开了整夜的收音机，喃喃地播着西洋歌曲。小说才正开始，女主角就和逃兵Spoon到俱乐部深处的蒸气房里狠狠做了一场爱。

"这是我肉体的翻译小说。"山田小姐如是说。她的小说里充斥着绝对的感性、绝对的肉欲，沉溺在爱情与性事里，回到动物的本能，抛弃世俗的规则。狂喜、震颤、妒忌、贪恋，所有的所有，都是极端的情绪。如此唯恐不足，再灌下暴力与药物，务求把胸中的爱欲喷射殆尽，穷极感官的疆界，毫不保留。

我反复读着女主角初识Spoon时的场景：Spoon把手插在裤袋里，蠕蠕鼓动着像在抚摸着什么。她幻想着裤袋里的情景，面红耳赤，全身发烫。后来她才知道口袋里的东西是根银匙，西方谚语称幸福的小孩是含着银匙出生，而这家伙竟傻气地揣着银匙到处走，所以才被人戏称为Spoon。小说里，银匙起先以猥亵欲望的姿态出现，而后变成两人炙热恋情的投射。

这个隐喻的设计格外使我觉得温馨，我想起我的书包里也有一根汤匙，那是两年前第一次的长途飞行中，同行的朋友嘱我偷的。飞机上的汤匙质料好体积又小，很适合旅途中使用。我带着偷来的汤匙走了许多城市，一路上顺利而丰富。直到我回台湾，还是把汤匙留在书包里，带着上班下班，相信它会带来幸运。那根印着航空公司标志的银汤匙，变成了我私人的小小迷信。

然而，可能是汤匙象征着某种生活方式，这两年来，我感觉自己还在旅程之中，和社会越来越疏离，益发地不在乎他人的想法，对烦琐的人际关系失去耐性。我的官能也像个旅人，仿佛野生动物般敏感直观，滤掉了文化的价值，繁华世界在我眼中是一片闪动的缤纷色彩，文字变成神秘的符号，叨叨的耳语像是兽群间的低吼。我张开口，几乎忘记了文明的语言，却只有在恋人面前，五官变得鲜锐，恋人的一举一动都牵动我强烈的情绪。我鄙弃崇尚精神的爱情，深信身体才是灵魂。在爱情中，我把自己还原成动物，将山田咏美引为知音。

有好几次，满月在天空，我行走在车水马龙中，简直要像独行的狼般嚎叫起来。我摸摸口袋里的银匙，心想，也许我的旅程才刚开始。

无言的结局

所谓"结局"这种东西，究竟是为了谁而存在的？

C在回给我的电子邮件上，劈头就是这个问句，让我忍不住在屏幕前笑了出来。这是因为我之前寄给她一封信，说到正在看的一出日剧，哄我天天准时回家打开电视跟着掉眼泪了十集后的第十一集大结局，那个始终忧郁丧志的钢琴家，突然间时来运转，得了个大奖，紧接着，二话不说，马上带着大他八岁的过气模特儿女友，一起飞到新大陆去过幸福快乐的日子了。最后一幕，两个人穿着结婚礼服在异国街头上奔跑，笑得嘴都快抽筋的金黄色气氛中，故事结束了。

当场我有遭到背叛的感觉，不只因为不相信这种结局，更因为那两个在黯淡生活中挣扎的家伙，不是打算证明平凡人也可以有甜美的爱情吗，怎么到最后还是得靠名利来拯救？我真怀疑，在每一个黄黄旧旧的狭小房间里，把自己的卑微心情投射到荧光幕上的凡人们，看到这种结局，会不会忍不住把吃到一半的泡面扔到那台贷款买来的电视上？

气愤之余，我发了封信给C，我相信她可以了解我的牢骚。那天她才打电话告诉我说刚辞去了工作，现在在朋友的餐厅里当小妹洗盘子，说得可怜兮兮，我才想着要拿什么话开解她，她又接下去说："可是有艳遇喔，六十九年次的。"不等我发话，又补上一句："而且有肌肉喔。"得意非凡。

我想告诉她，记不记得十年前我们读过的一本小说，《千江有水千江月》。那时候红得整个社团的人都在看这本书，可是当我们看完后，开读书会一致认为结局真是莫名其妙，男主角和女主角不是一路又谈情又交心的，好像就是一生一世了吗？怎么结尾时，男主角没头没脑地来了封口气不善的信，两个人就互相赌气，草草结束了故事？

还想着最后一刻要如何精心打扮，等着迎接烟火还是炸弹。可是时间早已超出许久，却什么也没发生，一切平常极了。没有人，没有事，没有为什么。

那时十七八岁的我们，完全不能理解这种怪事；然而十年后让我们受不了的，却是当时期待的那种煞有其事的结局。就像我与C想不到十年后，我们会平常极了地通电话聊着她那一个接一个六十九年次的小朋友，现实世界虽然到处都是机关枪，可是集满十个弹孔，说不定就可以换奶油泡芙一只喔。电话中，C下了个令人哑口无言的结论："只要活着，就会有好事发生呦。"（听起来真像那出日剧的对白。）

唉，说真的，所谓结局这种东西，究竟是为了谁而存在的啊。

小城故事

阳台是荒凉的。

对面的快餐店招牌还亮着,店却早已经关了。一个又黄又大的M,浮在烟蓝的夜色里,照耀着枯坐整夜的小丑。一个白色校服的少女,从建筑物里走出来,停在一块站牌下,看不出她是要上学还是回家。

街道是荒凉的。

竹扫把刮搔柏油路面的声响,听起来像是有人穿拖鞋在客厅里走。隔壁的隔壁,楼上或楼下,闹钟们开始啼叫,最流行的是一个怒气冲冲的录音,播放着:"喔嗨呦"。没有人注意到路灯是何时熄灭的。

便利商店是荒凉的。

咖啡与烟,红色制服与微笑,微波炉按"6"。你的和我的一样,我的和他的一样;今天的和昨天的一样,想必明天也是一样。热量49大卡,蛋白质0.2克,脂肪0.1克,饮用前请上下摇动,先生别忘了您的发票。

某些门打开,另一些门关上;某些衣服脱下,另一些衣服穿上;下雨还是艳阳,不会有太大影响。鞋子还没睡饱,哭着跑过了三条马路。有人把街道剖开,车子就走得慢了,在烈日下鸣着焦躁的喇叭,听久也就惯了。这一头补上,那一头又挖开了,所以住在这城里的人们，总不愁没有喇叭可听。难得街上宁静了，却惹得人心慌，八楼七号的王奶奶就打电话给四楼九号的吴医生："这平白无故地心快跳出来，耳朵都听不到声音了。"

世界上有许多这样的荒凉小城，里面住着一个个荒凉小人。这些荒凉小人有时候会拿起笔来写一写他的荒凉小城。很久很久以前，黑龙江有个小人叫萧红，她就写了她的小城"呼兰河"。呼兰河有三条街，一个泥坑子；呼兰河的人们，夏天来了穿单衣裳，冬天来了穿棉衣裳，秋天看野台子戏，七月到河边放河灯。有人娶了媳妇，有人投了井。一年四季，风霜雨雪，就这么默默地过了。

我的小城叫台北。台北的人们，夏天也穿单衣裳，冬天也穿棉衣裳，秋天到了就对着天边的火烧云发一会儿呆；星期一赖赖床，星期四买八本杂志，星期天在窗口看街上吵吵闹闹的游行。这一家的小孩被绑架了，那一家的太太倒会了，不知道住在五楼的那一对男女是什么关系？虽然分不清四季，大家也是一日一日老老实实地过了。

除了多了几条街，几个泥坑子，我的小城和呼兰河也没什么不同，都是一样的荒凉，一样的理所当然。

一个小孩的圣经

好几年前的某一天，有个朋友无限感慨地对我说："你知道吗？昨天我听到收音机里居然在介绍'80年代的音乐'！"

那时我还在念五专，也不过是90年代刚出头。我们除了写信填表格，在日期空格里写上199X时，有一种微微的新鲜感之外，谁也没料到，不知不觉间，自己竟然已经被归类成"可资怀旧的年代"里的人了。

就好像那一次，你头脑空空地刷牙洗脸上学去，还不忘抢在早自习结束的空档走进教室。一进门，满室陌生的面孔诧异地看着你——你也错愕地回望他们——电光石火间，你这才想起，昨天你们班已经换到另一栋楼的高年级教室了。

一直到今天，我还常常捞起属于80年代的记忆碎片反复温习：小精灵、如来神掌、茶艺馆、伟士牌机车、星星小孩，还有"中国童话"。

在我的童年回忆里，这套按四季十二个月份出版的硬皮八开本故事书，简直是闪闪发光的梦幻逸品。想象一下，那散发着铜版纸香味、沉甸甸的重量、神秘悠远的故事，还有五彩缤纷的插图奢侈地占满了打开来足足有四开大的篇幅，大概是生命中对"豪华"的初体验吧！

第一本中国童话是父亲买给我的。在那之后一连十一个月的月初，我都算准了日子（想想这是一个七岁大的儿童），请他在回家路上的一家小文具店（多么古典的营销通路啊）停一下，让我下车去买一本刚出炉的中国童话。我在摇摇晃晃的车上，来不及地就着窗外夜街的霓虹翻看我的宝书，到了家，什么闹哄哄的电视节目都不屑一顾，直接爬上一家四口睡的大床，沉浸在那个山野水滨、神魔共舞的世界里。每看完一个故事，都舍不得看下一个，因为一看完就没了，到下一本出来前的漫长一个月里可怎么办？可是又忍不住地一页页翻，心里直想着：看完这篇就好……看完这篇就好……一整夜就这么挣扎着，等到我把一整本都看完，天也亮了。竟是生平第一次的熬夜看书。
　　现在想起来，那时我的父母竟没有阻止我的疯魔，也真是太不寻常。嗯，可能有说几句："车上那么暗回家再看吧"，或者，半夜醒来发现儿子还在看，模模糊糊地说了句："还不睡啊"。已经陷入另一个世界的我，当然是充耳不闻。然而，他们却也没有执意追究，反而默许我与书本建立起有害健康的美妙关系。那时他们的心中是怎么想的呢？
　　然而，无论如何，当蒙蒙的天光透过床畔的玻璃窗，映上那个通宵不睡、双眼发直的小小脸孔时，他的生命也许已经悄悄转向了一个和晨雾一样难以形容的方向了。

故事的故事的故事的……

　　一切的一切，始于听觉。

　　还没有光线的记忆里，起初有器械弹簧的声响，继之以冗长的沙沙声。你屏息等待，忽然间，没有任何预兆地，一段轻快的进行曲从黑暗中热烈响起，像是长夜后的第一道阳光，将原本空洞的想象涂上金色与橘色。欢欣鼓舞的八小节后，音乐缓缓淡出，一个说话的声音不期然地出现，沉稳而亲切，充满了表情，不慌不忙地开始诉说着遥远遥远，有一个地方、有一个人、有一件事……那声音在你记忆的最深处，挥之不去，只要闭上眼睛就可以轻易唤回。那是当世界还很年轻的时候，你坐在混合着瞌睡与食物气息的小小车厢里，视线里的一切都在跳跃着、晃动着，鲜绿色的景物呼噜噜流过车窗外，穿过隔热纸的阳光依然刺痛。你坐在前座的父亲年轻而英俊，漫不经心地开着车，你美丽的母亲新烫了头发，正拆开一套"×姐姐说故事"，将录音带送入卡匣，于是哗啦啦音乐响起，故事开始。

　　故事开始的时候，我们对它一无所知，却莫名地期待。期待在故事中能够知道一些原本不知道的，忘记一些原来忘不掉的。我们期待故事可以为不起眼的人生增加一点灵光，于是我们兴高采烈地聆听着故事，编织着故事，诉说着故事。在故事进行之中，一切都充满了希望。因此，听故事的人是幸福的，说故事的人是幸福的。然而，我们往往忽略，那个能够被诉说并且被聆听的故事也是很幸福的。

许多许多的故事等待着被诉说、被记录、被虚构、被涂改、被道听途说、被信口雌黄，它们怀着渺茫的盼望在街上游荡、在乱糟糟的咖啡店里抽烟、在河堤上吹风、在离去的喷射机上吃早餐。落叶飞舞的红砖道上，触感冰凉的白铁椅，等待着一张嘴、一支笔，或是一副键盘，将它们化为话语或文字。

倘若这故事是女性的，你要小心那毫不起眼的开头后面等着一个惊人的结局；倘若它是男性的，你将可放心，那些虚张声势之外并没有什么实质的内容。如果故事是处女座的，它将巨细靡遗每一个细节；若它是射手座的，你要原谅它的天真，它会打碎你所有的玻璃器皿；万一它是天蝎座的，那么结局揭晓之前你永远不晓得前面埋藏了多少伏笔。

故事渴望被诉说，却拒绝被期待，一旦被书写就有了自己的主意。它可以是纸牌城堡、是歧路花园、是马孔多小镇或是大观园，但是这从来不是卡尔维诺、博尔赫斯、马尔克斯或曹雪芹的意见，故事有它自己的生命。故事也需要一点鼓励，一点鞭策。若是我说，就像《一千零一夜》里善说故事的女奴，需要一个残暴的皇帝，才有耐性处心积虑，编造一个又一个故事，并在清晨鸡鸣之际戛然而止，好吊足皇帝的胃口，换取一日的活命。

在纸张、荧幕与扬声器的彼端，未知的读者们，好心扮演这皇帝的角色，让藏书票的故事得以被说出来。这故事实在是幸福过头了，虽然它实在不算是顶好听。

你注意到了吗？就在此时，一个故事提着行李，正悄悄离开你的心中。它走过左心室的书房，右心室的客厅，环顾四周，然后打开窗户让空气流通，让下一任房客可以有个美好的第一印象。然后，在鸡鸣之前，它在浴室的镜子上留下了一抹唇印，好作为一个暧昧的结束与一个充满想象的开始。

存在的梦

> 太多的电影仅仅像一场梦，看似甜蜜，满足了你现实的幻想；梦醒了，嘴角尚牵带着笑意，然而幻想却更加深了一层，需要再做一场梦，再一次次被虚幻的满足。这样的"电影"，是存在的吗？
>
> 事实上，我们想要诉说关于"电影"的种种。因为我们想证明"电影是存在的"。我们试图描绘以电影的轨迹，即使寻不着"什么是电影"，但至少可以证明"电影是存在的"，不是虚幻的。

从大题目中逃脱的《咖啡时光》

真正好的故事,像生活一样,令人无从说起。真正好的电影,也像生活一样,是没有题目的。

侯孝贤的《咖啡时光》,还没开拍就先定了一个大题目:"小津安二郎百岁诞辰纪念电影"。这真是好大一个题目,在影片的宣传文宣里,侯孝贤曾说他是背负着先天障碍来拍这部电影,这里的障碍是指非日本人却要拍日本片,怕说服力不够。但是,站在影片之外来看,《咖啡时光》的先天障碍恐怕还包括了"纪念小津"这个大标题与伴随而来的创作限制。

从1989年《悲情城市》以降,"大题目"就一直缠绕着侯孝贤。二二八、白色恐怖、张爱玲的海上花……连把镜头对准当下台湾的《南国再见,南国》《千禧曼波》,都标志着要"为当下年轻人造像"的野心。这一连串的"大题目电影",把侯孝贤镜头里向来厚重的历史感发挥到极致,长长的镜头,捕捉到的不管是摇头店还是夜市小吃摊,在银幕上看起来,都像是隔了千百年光阴重现的历史场景,遥远得像神的视野。

可是在《咖啡时光》中,我们很惊奇地发现,大题目不见了。《咖啡时光》选择了与小津电影类似的日常家庭题材:离家独居的女儿与住在乡下的父母。女儿怀孕了，打算独立抚养小孩，不想结婚，父母因此甚感忧虑；另一方面，女儿的朋友，一位旧书店老板，经常戴着耳机和录音机，在东京蛛网般的电车线里，搜集各种声响。这两人在电车内外来来去去，流徙中偶然错身，暂时相遇，在熙来攘往中共享一小段时光。

已经很淡的剧情，在电影里更是连"未婚生子"这样的冲突点，都几乎要隐去不讲。我们只见女主角在不经意间透露了讯息，而她的父母与朋友，虽然惊讶，却也不知道要说些什么，大家只是照常过日子，所有的情绪皆隐藏在寒暄、吃饭与漫长午后时光的静默中，只剩下电车偶尔经过时的规律声音。

对侯孝贤的影迷来说，当然不会去期望有戏剧化的冲突场面，那些在侯孝贤电影最动人的片段，都是在情节话语未到达处。譬如《风柜来的人》里无所事事的少年被骗到工地高楼上看见的一片空景；《恋恋风尘》里，恋情消逝后祖孙二人无言看着的九份天空以及《童年往事》里，祖母小小的身影徘徊在黄沙地绿树荫下，远远框出一幅台湾乡间的永恒画。因为镜头停得够久、画面拉得够大够远，观众才得以穿透情节本身，看到质地丰厚的影像里许许多多的层次与细节，看到画面之外的，无以名之却真实存在的情感。《咖啡时光》里也是如此，那一幕幕的寻常人家、居酒屋、电车站、旧书摊、咖啡店，被保留下来的，都是生活中不能被命题的时刻：父母欲言又止的、朋友随意扯淡的、书店里的小狗、车站里的老猫、低头看书的侧脸、车窗反射太阳扫进小书店里的亮光……各种想得到的、想不到的、没想到的，全数保留，最后才在大段落的生活实况里，淡淡放进几缕历史（台湾留日音乐人江文也的故事）寓言与梦境（婴儿被偷换的欧洲童话）的线索，然而这也只是点到为止，仅供提味。

对题目与意义的节制，便是《咖啡时光》最难得处。我们似乎又回到《悲情城市》之前，那个唐诺曾形容为"最好的时光"的时期。没有预设的伟大题目，只有长镜头静心捕捉的，平凡人民的平凡生活，用足够的敏锐捕捉到的生活原相，无须戏剧与对白，便足以说明一切。那些生命里最不能被定义的片段，往往最能映现历史浩荡的流动。《咖啡时光》里有意地以电车为主要场景，匆匆来去的电车，既是城市生活的主要场景，也隐喻着生命中不可抗力的行进循环。片中好几个呈现电车与人之间短暂交错的绝妙场面调度，调度的不只是演员，更是人口千万的一整个东京都。那是需要多少的守候与理解，才能拍到电车与电车、乘客与乘客之间如此自然又充满寓意的多重变奏。这也让我们想到，没错，小津安二郎，一向计算精准的编排和寓哲学于影像的镜位设计，只为成就一份人生里不能言说的苍凉。

《咖啡时光》融合了侯孝贤最好的写意笔触与小津安二郎最精细的美学锻炼，仿佛是接续着《东京物语》结尾那部远去的电车，开进了世纪初的东京。混迹在每日吞吐上百万人的高架上、隧道里，人与人之间短暂相遇的缘分，错过了，便是不可挽回的历史，相遇了，也只是并肩站着，一起看车窗外千门万户的城市风景。

电车摇晃的节奏里，我们得以从尘世的喧嚣中沉淀下来，感官因此变得清晰。而这一刻属于陌生人和我之间美好的沉默，这仅仅一杯咖啡的短暂时光，却是任何伟大的题目也无法包括的。

四季奇谭里的三部电影

大体而言，越好的小说，越容易被改编成烂电影；相反的，庸俗的小说，改编成电影，却常出现经典之作。若要用这条定理去检验史蒂芬·金小说改编的电影，我们马上会面临一个难题：史蒂芬·金的小说到底算烂还是算好呢？

依照目前改编史蒂芬·金小说的众多电影及电视剧来看，史蒂芬·金的小说应该是好小说，因为那些影视作品大多蛮烂的，不只无能将小说里透露出来的阴暗邪恶气氛转化为影像，书里描写的鬼怪一旦变成特殊化妆的血浆黏液，看起来就很廉价可笑，再加上剧本经常省略小说里巨细靡遗的细节描绘，以至于人物与叙事发展都显得很空泛，很不合理。当恐怖与现实生活脱节，也就失去了说服人的力量，再有更多吓人的模型也无法勾起观众心底最深层的恐惧。

但是，如果我们把"烂小说≒好电影"这条定理的验证范围缩小到《四季奇谭》里分别被改编出来的三部剧情长片，却又发现，原来史蒂芬·金的小说是烂小说？因为这三部电影皆称得上出色，而且各自在影像里自给自足，不因文字的精彩而显得失色。同一本书里好电影出现的概率这么高，原著怎么有可能是好小说呢？（看看张爱玲的小说可有改编成任何一部好电影？）

按照时间顺序,《四季奇谭》里最早被搬上银幕的小说是《不再纯真的秋天》, 在 1986 年被著名家庭喜剧导演罗伯·莱纳(Rob Reiner)搬上银幕。电影标题舍弃小说原名"尸体"(Body), 改用一首 50 年代老歌的歌名"伴我同行"(Stand by Me), 作为名称及贯穿全片的精神意旨, 从"尸体"变成《伴我同行》, 其实已经点出了电影有别于原著的关怀方向。这个回忆四个童年死党在青春期的前夕, 出发寻找一个失踪小孩尸体的故事, 小说里着重的是四个角色偏向阴暗的心灵描写及旅途中经历的阴森氛围, 史蒂芬·金以他一贯巨细靡遗的笔法, 把这趟冒险之旅铺陈为这四个少年日后灰暗成年生活的序曲。被寻找的尸体像是一个象征, 象征这四个少年即将要面对的成年生活, 因此, 所有的惊险与追寻, 都隐隐透着不祥的预兆。虽然通篇未曾出现任何超现实的恐怖事件, 却已经让人背脊发凉。

但是电影《伴我同行》几乎是与原著相反的, 朝向甜美中带着苦涩的成长电影方向去。电影没有对原著做任何大的更改, 在结构上也沿用了小说的第一人称叙事框架, 只是原著里阴暗世界的序曲, 在电影里却成了青春与友谊无限美好的尾声。

导演将自己的童年经历投射在故事叙述者戈迪身上, 从敏感纤细的戈迪口中, 带出其他三个角色: 开朗成熟的克里斯、怪异倔强的泰迪与憨直胆怯的维恩。这四个少年, 各自有着因成长创伤形塑的独特个性, 四种性格彼此对照、互补, 在短短两天的旅途中, 相继吐露深藏的创伤, 并在目睹尸体的旅程终点时一瞬长大。《伴我同行》最动人的, 不是来自于小说情节, 而更是影像与表演。四个主要演员自然可信的演出(其中包括光芒四射的早夭巨星瑞凡·菲尼克斯(River Phoenix)初次担任主角的银幕演出), 辅以优美诗意的摄影风格, 无须言语, 已经把天真、幻灭、死亡与回忆的美好等影片的主题说明清楚。当大块风景角落处，四个渺小的身影轻轻走过、透过叶隙的阳光，在男孩的发与肩上洒上一层金，这些意境幽深的镜头，使得《伴我同行》成为优秀的电影，而非史蒂芬·金文字的附庸。

同样的，1995年的《肖申克的救赎》(The Shawshank Redemption)也是借由表演与影像，走出属于电影的神采。这部改编自《愿春常在》的电影，由作品量少而精的弗拉克·达拉邦特（Frank Darabont）执导，曾获得奥斯卡奖七项提名，并被IMDB评分为史上第二名的好电影（仅次于《教父》），是观众心目中最好的史蒂芬·金小说改编电影。《肖申克的救赎》的成功不只得力于原著小说峰回路转的逃狱情节，而更在两位主要演员，蒂姆·罗宾斯（Tim Robbins）与摩根·费利曼（Morgan Freeman）的精彩演出。

与《伴我同行》里四位童星的自然写意恰恰相反，《肖申克的救赎》的演员表现，走的都是内敛而精准的学院风格。提姆罗宾斯饰演被冤枉入狱的银行家安迪，从一开始的安静寡言，走向中段在监狱中自立的优雅自信，乃至后段被斩断希望的激情与疯狂，表演的层次分明，却又浑然一体，极具爆发力。反观冷眼旁观的老囚犯摩根费利曼，则像是老练的捕手，将提姆罗宾斯不断投出的惊奇变化球，吸纳并诠释成影片整体希望传达的意旨：人究竟能不能坚持信念，不受环境影响，甚至逆转命运？《肖申克的救赎》呈现监狱生活的残酷，也同时呈现人被环境制约的无奈。当一关数十年的老囚一旦获释，却反而在自由的生活里选择自杀；当安迪将莫扎特歌剧《费加洛婚礼》的乐声透过广播传到监狱的每个角落，封闭的心灵一瞬间获得释放，关于信念与命运的辩证，顿时将电影的境界，从曲折意外的逃狱"传奇"化为与命运及环境对抗的人生"寓言"。虽然电影忠实呈现小说的情节，但是影像直接而诉诸感性的渲染力，却将故事的潜力发挥至极致。

最近一部改编自《四季奇谭》的电影，是1998年的《谁在跟我玩游戏》（*Apt Pupil*），由以《非常嫌疑犯》（*The Usual Suspects*）技惊影坛的新锐导演布莱恩·辛格（Bryan Singer）执导。原著《夏日沉沦》，描写十六岁的中学生托特发现隐姓埋名的纳粹战犯科特·杜森达竟与自己一同生活在小镇上，在与杜森达交手的过程中，托特从占有优势的勒索者，一步步沦为邪恶心灵的奴隶。小说着重于老人与少年之间权力关系的微妙变化，少年从纯真走向邪恶的过程，同时也是老人颓败之躯得以重拾活力的关键。相较于小说的长篇铺陈，电影少了很多细腻的心理转折，不仅因为简化了情节，也是因为饰演少年的布莱德·兰弗洛（Brad Renfro）与饰演老人的伊恩·麦克莱恩（Ian McKellen）演技实力太悬殊，擦不出旗鼓相当的火花。

但是这并不表示《谁在跟我玩游戏》毫无可观之处。导演有意地更动了小说里一些情节，譬如小说中老人主动将流浪汉引诱至家中虐杀，在电影里则成了流浪汉自愿提供性服务以交换食物，才被老人带至家中杀害；又如小说中识破少年秘密的辅导老师，在电影中则被少年威胁将诬告他性骚扰自己来阻止老师报警。再加上导演在片中大量凝视布莱德·兰弗洛俊美脸孔及青春裸体的特写，对照伊恩·麦克莱恩衰老中带点邪气的表演风格，竟使得《谁在跟我玩游戏》出现了史蒂芬·金小说从未涉及的男同性恋意涵。

《谁在跟我玩游戏》虽然因为两位演员的配合问题，在剧本情节中的人性角力上失去力道，却也因为将这两位演员各自的特质并置，意外开拓出在剧本及情节以外的奇特效果。在众多史蒂芬·金小说改编电影里，另辟蹊径。而导演这种挑出原著里隐而未现的暧昧加以扩大，使得影像的意涵涵盖更广的手法，也在他后来执导的《X战警》（*X-Men*）中进一步发挥到淋漓尽致。

连续三部杰出的改编电影光环下，《四季奇谭》真恐有被没读过小说的观众归类成烂小说的危机。然而，实际上《四季奇谭》却可能是史蒂芬·金至今最好的小说作品。追究《四季奇谭》成功的原因，或许就在于小说家有意节制渲染超现实的恐怖情节，将其转为可信且细腻的人性考察，才使得电影有更多的想象空间，在影像与表演的领域里添加独特的诠释，成就电影的魅力。小说里阴暗、细节、充满辩证的思考，原本就和电影浪漫直观的媒介特性大相径庭，而《四季奇谭》里的三部电影，正说明了改编的成功秘诀，不在于对文字亦步亦趋，反而必须找到唯有在影像里才能成立的解读方式。

凡有规则，必有例外。《四季奇谭》不但是史蒂芬·金小说里不恐怖的例外，更是小说改编电影中难得双赢的经典示范。

虚构与真实的女子双人组

——岩井俊二的《花与爱丽丝》

《花与爱丽丝》的构想,脱胎自岩井俊二大学时就开始酝酿的一个灵感:他想拍一个关于女子双人组的故事。

为什么是女子双人组呢?他说:"总觉得两个女生走在一起,就充满了各种可能性。"

这个构想在他大学毕业二十年后,终于在2003年,日本巧克力品牌"KIT KAT"邀请他拍摄一系列网络短片时实现了。岩井俊二设定了两个女子高中生的角色,圆脸的花与长脸的爱丽丝。花与爱丽丝清晨一起上学去,在通勤列车上看到一个专心背书的男生,花爱上了他,故事于是展开。岩井俊二完成了四个网络短片《花之恋》《花之岚—秘密》《花之岚—乱舞》与《花与爱丽丝》。这四部短片有着岩井一贯的青春与单恋主题,以及大量逆光摄影的诗意视觉风格。接下来,他把四部短片合在一起,加上更完整的情节,成为超过两小时的电影版《花与爱丽丝》。

"我希望四部短片合成一部长片后,会呈现出与原来短片完全不同的主题。"岩井俊二基本上没有更动每部独立短片的完整性,只是在短片与短片之间加进对故事发展及人物背景的更详细描写。可是,为什么更多细节会带来整体精神的质变呢,这就必须往只有在长片里才出现的部分去寻找。

在短片版的《花与爱丽丝》中，明显的是以花为主角。花单恋学长，于是想办法接近他，并顺利地和学长交往，但是爱丽丝与学长之间的暧昧却悄悄出现，引起花的强烈不安与嫉妒，最后花向学长摊牌，却意外得到了正面的答案。

在短片里没有告诉观众学长愿意和花交往的原因，在长片里则交代了花趁学长昏厥醒来时，谎称学长得了"记忆丧失症"并宣称自己是他女友的过程。这段无中生有的恋爱，即是全片冲突之所在。除此之外，长片还有另一个不同，便是大量地描写了在短片中只是反衬背景般的"爱丽丝"的戏份，爱丽丝的戏份甚至超越了花，成为长片《花与爱丽丝》真正的主角。

甜美中带着世故，仿佛埋藏着许多秘密的爱丽丝，面对的世界要比单恋学长更为复杂。岩井俊二对花的描写仅止于学校生活，却详细交代了爱丽丝的单亲家庭背景：她有个相依为命的年轻母亲（由日本80年代末期当红的少女双人组合"WINK"中的相田翔子饰演，仿佛是对"女子双人组"这个概念的致敬）与漂泊在外的年老父亲。在她与母亲外观像欧洲田园别墅一般浪漫的家里，却是一片凌乱。爱丽丝和母亲像是两个父母不在家的姊妹，而相较于仍然单纯任性仿佛少女的母亲，爱丽丝更像是背负着责任的照顾者。

和开朗主动的花相反，爱丽丝一直是被动的。她被动地感到学长的爱意，被动地被星探发掘，被动地到各个试镜场合被挑选，这所有的被动，透露着爱丽丝不由自主的生活，也是真实人生中的青春，经常因为不能自主而倾向于虚无的写实。

爱丽丝就像是花的真实版本，在真实的人生里，穿着制服白袜黑皮鞋的高中女生，其实有着比单纯形象之外更复杂的内在。岩井俊二借着女子双人组的概念，把甜美（花）与苦涩（爱丽丝）互为参照，似乎也将他一贯两极化的创作路线融为一体。表面上，《花与爱丽丝》的故事与视觉风格就像《情书》与《四月物语》一样纯美清灵，然而借着爱丽丝这个角色，影像的底蕴里却又渗入了《燕尾蝶》和《关于莉莉周的一切》般的阴暗。

《花与爱丽丝》里有两场画龙点睛的段落。一个是在海边，爱丽丝与学长同时捡到了两张象征爱情与胜利的红心 A 扑克牌，后来两人发现其中一张的背面，竟印着童话《爱丽丝梦游仙境》里的兔子图样，刹那间两个文本之间的呼应与联想，大大丰富了电影的层次；另一场则是爱丽丝在无数次试镜之后，终于尽情地放开自我，以纸杯充当芭蕾舞鞋，畅快淋漓地独舞，在这场长达数分钟的舞蹈场面中，原本压抑的忧郁青春，瞬间化为纯粹的肢体之美释放升华。阳光的晕染、体热的发散，都在摄影筱田升的慢速摄影下，一格一格地被捕捉下来，美丽的影像与内在情绪的饱满相辅相成，成为全片最令人动容的神来之笔。

车阵里的幻觉
——《蓝色大门》

"那时候的天空蓝多了，蓝得让人老念着那大海就在不远处好想去……那时候的体液和泪水清新如花露，人们比较愿意随它要落就落……那时候的树……存活得特别高大特别绿，像赤道雨林的国家。"

——朱天心《古都》

朱天心小说《古都》里的"那时候"和《蓝色大门》导演易智言镜头底下的"那时候"，尽管有一些小小的差别（譬如朱天心的"那时候"指的不只是"时光"，也包括了"时代"），但是非常类似的，他们的"那时候"皆是存在成年人心中的青少年，那些曾经存在，但现在只活在记忆（与想象）里的青少年，连同当时的景物气象，在某一个难以捉摸的时间点上，与人生一刻不停的衰老过程分道扬镳，背道而驰地越变越年轻，越变越美丽，终于成为一种"超现实"。在《古都》里这种"超现实"与"现实"的巨大落差，让故事的主人翁不胜感慨，放声大哭；在《蓝色大门》里则是海市蜃楼似地出现了一个只有青少年的世界，在那个世界里天空特别蓝，树特别绿，阳光特别清澈，原来杂乱灰色的台北市，变得"像赤道雨林的国家"般，空气里充满着芬多精。更美好的是,在《蓝色大门》里,没有大人。

　　《蓝色大门》里总共只出现了两个有戏份的成人角色,一个是体育老师,一个是阿孟的母亲。体育老师独自在夜晚的街头慢跑,遇到阿孟,阿孟说:老师你想不想吻我?体育老师迟疑了,他真正的行动到第二天才开始,却马上被阿孟与小士阻断,而他没做什么挣扎就放弃了。阿孟的母亲白天在路边摆摊卖水饺,某天晚上女儿上床来问:爸爸去世后你是怎么过来的?母亲答曰:不知道耶,就这样过来了啊。反问阿孟:你是不是失恋了?是不是常来吃饭的那个男孩?

　　对话结束后,导演特写了黑暗中母亲睁开的眼睛,好像她想起了往事,不过这个镜头之后,没有发展,电影又回到十七岁的世界。体育老师和母亲这两个成人角色似有若无,导演似乎有意用他们来反衬阿孟与小士这两个主角,然而分量却轻得无法达成功能。又或者导演有意节制,使剧情完全聚焦在青少年的世界里。若是如此,导演是成功的。因为聚焦,所以单纯;因为单纯,所以甜美动人。《蓝色大门》成为一个单纯甜美的青少年故事,如同回忆里过度曝光效果的金色阳光,光里面隐约有灿烂的笑容,白得发亮的制服,以及不复辨认细节的酸甜心情。

　　因此,我们其实无法体会体育老师为什么会是如导演在电影文宣的人物介绍:"多年以前他可能就是另一个时空下的小士";或者在阿孟的"转大人"过程里,母亲会不会是某种提示或范本?这中间的联结在电影里并没有被建立,片中三个青少年主角生活在一个没有成人的城市,学校、家庭、繁忙拥挤的马路,他们悠游其间,一派天真,人鬼殊途似的与成人世界互不打扰。也因此,小士与阿孟在电影结束时的提问:"多年以后,我们会变成什么样的大人呢?"一个煞有其事的问题,却让人不觉得有回答的必要。

不存在的成人世界，说明了《蓝色大门》与其可能被归类的电影类型如"校园电影""YA片"以及"启蒙电影"之间最大的不同，就在于它没有同作品中"与成人世界对抗"这个共同主题。不论对抗的是联考制度还是伪善封闭的家乡小镇，青少年电影里，成人是困扰的来源，借着反抗成人世界，青少年得以证明自身的存在，而认清成人世界的残酷与复杂，则是成长的关键。《蓝色大门》抛去了与成人对抗的公式，视野一下子微观得令人觉得新鲜而亮眼，但同时也失去了因对比而产生的力道。那些课堂里的交头接耳、暗恋与表白的焦虑、发生在上课铃与升旗典礼之间的风暴，是成人乡愁里的酸甜，却不完全等于青少年的现实处境，真实世界里的青少年，"纯度"恐怕没有这么高，他们需要面对的更多暧昧与不堪，可是导演选择不说，观众也乐于接受，这其中的默契微妙多么像白头宫女话当年，印证到导演在一些访谈里表示的：《蓝色大门》是一个"纪念"、是"送给某人的礼物"。于是我们终于理解，《蓝色大门》的单纯，是为了成就某种神秘的心理治疗功能，治疗作者，也治疗读者。

顺着这个角度看来，刻意隐藏成人世界的《蓝色大门》，与其说是青少年电影，反而更像与世无争的儿童电影。这个"儿童化"的特征在小士这个角色身上最为明显。"我叫张士豪，天蝎座O型，游泳队吉他社，我觉得我不错啊。"这段造成流行的台词，像不像童言童语般的令人觉得好可爱，然而说出这样天真言语的，却又是一具充满性吸引力的成人身体，《蓝色大门》的情意结——对纯真的向往、对青春的迷恋——于是展露无遗。虽然阿孟说她害小士不再是那个"海阔凭鱼跃，天高任鸟飞"的孩子了，可是包括她自己，一直到电影结束，那个迎风舒畅的奔驰，那段充满着憧憬的旁白，却让人感受不到成长后的复杂，而仍然像个天真烂漫的孩子。

《蓝色大门》描写性启蒙，却没有任何性场面；提及主角的单亲家庭身世，却回避讨论。片中最有力道的成人世界，应该只剩下小士和阿孟轻巧穿过的街头车阵了。当他们跨上单车，冲进马路，每每让我提心吊胆，生怕他们下一个转弯、下一个路口就会被凶恶的车潮吞噬……然而他们总是轻轻巧巧、若无其事地滑过了。这个场景，代表了成人世界与青少年的交会，也是全片最具象征意味的画面——看见年少时的自己神迹似地滑过大塞车的街头，光芒万丈的笑容与优雅飘飞的花衬衫——多么像每一个困在车阵里的、疲劳过度的成人眼中的幻象。

住宅区的恐怖
——看山下敦弘

有一个字眼一直在我心里时不时地出现：住宅区的恐怖。每当我在工作日的下午两三点间经过台北市林口街松山路一带、南港区的连栋国宅、罗斯福路万隆捷运站后那一区、板桥中永和密集的老旧住宅区……诸如此类住户稠密却在午后光天化日下人去楼空，只剩老弱妇孺在静得吓人的简陋客厅里午睡的那样的所在时，一种恐怖感总是油然而生。

看山下敦弘的作品，就像是这种恐怖感的持续攻击，然后麻痹了，就剩下漫长的无聊、无赖、虚无、赖皮、无所事事……所有对立于电视世界的情绪状态。

山下敦弘一鸣惊人的处女作《赖皮生活》里，两个主角在雨中更显得惨淡荒僻的超市门口遇上，遭到妻子抛弃的男人带着看起来像家畜一样的大学生进入 AV 工业的下游代工，这两人每日在破旧的公寓里拷贝色情录像，然而泛白脱磁的（重复、无趣、根本让人硬不起来的）性交场面、只让他们的生活更加乏善可陈的那些堆积如山的脏衣服、绽线的榻榻米、油污的玻璃窗，配上电视里传来女优机械化的呻吟声，加起来是荒谬无望的人生，可是，这一切并非要控诉什么，就像是街边的流浪汉坦腹而睡的大剌剌，反而让街道上匆匆来去的人们羡慕起他们的放弃。

山下敦弘拍摄此片时还是大阪艺术大学电影系的学生，他和同属大阪帮的熊切和嘉、宇治田隆史、元木隆史等人，共同构筑出新一代日本青年的心灵图像。和上一代相比，他们不再热烈地指出现实的矛盾也好、荒诞也好，也不再有兴趣追求优美诗意的内在映象，从《鬼畜大宴会》（熊切和嘉）、《赖皮生活》里吐露的，毋宁更是放弃的。所有的嘲讽不再指向他者，而都回到了自身。

与《赖皮生活》相隔三年，山下敦弘的第二部作品《疯子方舟》，更加全面地去叙述这种乏味人生的由来。一对在东京闯荡失败的情侣，决心回到家乡发展，他们的理想事业，是贩卖一种难闻又难喝的健康饮品——"红汁"。可想而知，全片是一连串失败人生的纪录。到处碰壁的男主角，遇上高中时的情人，竟又搞上了情人的妹妹，最后被女友抓奸在床。当女主角打开房门，看到男主角光着身子从浴室里走出来，原本应该惊愕、失望、愤怒的情绪，却在银幕彼端引发夸张的爆笑反应。观众的笑声，是如同看到综艺节目里大量身体灾难而发笑的残酷，而电影里长串的心灵灾难，竟也能引爆笑点，导演把无聊萧索推向极端而达成的荒谬性可见一斑。在这个荒唐的情境最后，山下敦弘补上一脚似地，在下一个反应镜头把男主角置换成粗糙的充气人偶，在众人面前泄气瘫倒，这更是绝妙的处理。整部片的沉重，霎时化为自嘲的轻盈。

《疯子方舟》堪称山下叙事脉络最完整的作品，而从这部片里，山下敦弘另一项独特的导演手法越见成熟，也就是山下经常在枯燥漫长的平凡生活里，天外飞来地洒进超现实主义般的幽默灵光。在《疯子方舟》里，泄气的人偶与忽然掉落坑洞而消失在银幕上的女主角，乃至结局在光天化日下蒙面抢劫的蠢样，不但没有和全片写实调性不统一的问题，反而提升了影片在作者观点上的匠心独运，接下来的第三部作品：《赖皮之宿》，更把这种融魔幻与现实于一炉的手法用得淋漓尽致。

《赖皮之宿》的日文原名为"现实主义旅馆"（リアリズムの宿），由漫画改编而成。全片描写两个到乡间旅行的年轻人，遇上一连串烂旅馆的过程。这些旅馆，有的平凡无趣，有的阴森令人畏惧，有的贫穷破落到不可思议的地步。片子的最高潮在最后一个家庭经营的民宿，屋子里有快要断气的老爷爷、不可爱的小孩与殷勤客气却总是端出无礼菜色的主妇，两名主角轮流在肮脏不堪的狭小浴室里洗过澡后，心情不爽到极点。可是入睡前，两人抱怨起这民宿的穷酸，说着说着，竟不可抑制地大笑出来。

是了，这就是山下敦弘，他的画面看起来像贾木许，却没有贾木许的小资姿态，他的嘲弄看起来像早年的森田芳光，却全不把手指对着别人。山下敦弘是晏起睡眼惺忪看着浴室镜子的宅男，他可以看着镜子里颓废无用的自己与牙膏喷上镜面留下的污渍，不带什么情绪地胡乱盥洗一番。他的心里没有埋怨，没有对任何人任何事的任何不满，他转过身去就可以继续一日一日的赖皮生活，什么煞有其事的美学或思想，都与他无涉。

《赖皮之宿》后，山下连续拍了庆祝经典色情卡通二十周年的《奶油柠檬》、与韩国偶像裴斗娜合作的青春电影《琳达！琳达！琳达！》，最新作品则是与其他九个日本导演一同改编夏目漱石的作品《梦十夜》。三部作品皆为企划导向的话题之作，可见山下敦弘已在日本影坛站稳脚跟。但是昔日的颓废气息已经日渐淡薄，也许，太多的商业计算加速折损了无聊的纯度，又或许，山下敦弘会在住宅区之外发现更厉害的无聊。且让我们期待他的下一部作品。

悄悄告诉"祂"

——阿莫多瓦的女神进化论

不敢相信,阿莫多瓦这次竟然谈到了神。

有吗?有的。你看《对她说》里陷入沉睡的女人们,在清洁明亮的病房,受着医疗人员的细心照料,以香料与虔诚的祈祷供养,安详的脸孔美得令人屏息,像圣母又像菩萨,散发不可逼视的光;而膜拜女神的男人,恒心地把生活点滴向女神耳边倾诉,如同那些最有信心的门徒,坚信神明与自己的沟通无碍,也相信沉默的神明终有一天会回应他的信赖与崇拜,若那一天真的来到,就如同盲者得见,聋者能听,植物人苏醒,乃是神迹降临。

从1995年《窗边的玫瑰》以来,大家都说阿莫多瓦变了,变得比较内敛,比较温柔,比较悲伤,那些鲜艳夺目的红蓝黄原色彩与光怪陆离的性癖好大阅兵渐渐消失,取而代之的是自然多层次的大地色系与对"性"本质的内向挖掘,连同1997年《颤抖的欲望》,1999年《关于我母亲的一切》,阿莫多瓦对女人的关注,从外延的社会处境转向内在心理的探索,角色类型也由被动位置的人妻、自给自足的妓女与职业妇女演变成具行动力的母亲。到了2002年的《对她说》,阿莫多瓦电影里的女人竟进化到一种形而上的象征,两个男主角与女人的互动,演变成深具想象空间的倾诉聆听关系,而这种纯粹的关系,超越了阿莫多瓦以往以性欲与激情当作人际关系引爆点的模式，来到了前所未见的哲学与神学辩证。

"性"虽然不再是这部电影中的主要命题，却仍旧是挑战道德最具爆发力的手段，《对她说》最引人争议的，就是男主角与女植物人发生关系的情节。这个在最宽松的道德标准下都属于禁忌的场面，阿莫多瓦用一段七分钟的默片来表现，这段名为《缩小的恋人》的无声电影，描述一个女科学家的男朋友，因误食女科学家提炼出的减肥药水，而不断地缩小的故事。在故事的结尾，拇指般大小的男人在女科学家丘陵起伏的丰美裸体上行走，最终走入她的阴户，两人得以永远结合。这段寓言色彩浓厚的默片，具体呈现了相对于渺小男性的一个巨大神秘的女性形象，让人想起许多民族神话中出现的"大地之母"，而男性进入女性的行为，像是一个朝向未知宇宙的探险，也像是回归温暖子宫的返乡之旅。

关于这段默片，阿莫多瓦曾在访谈资料中表示，他对这样的处理本来也无相当把握，毕竟在叙事行进中插入一段风格形式迥异的段落，对观影情绪势必产生影响。然而事实证明，这段默片的效果非常好，以高度寓言化与风格化的形式来呈现这段极端禁忌的性场面，成功地把行为本身从表面上的"犯罪"（身体强暴）提炼成抽象层次的"仪式"（心灵沟通），不但将想象空间从人与人之间仰赖伦理与法律的行为规范拉开，来到人神之间但凭信仰与心灵的宗教境界，也丰富了片名"Talk to her"的意义：如果持续地与植物人沟通，可以诚心召唤神迹的来临（植物人苏醒），那么这种沟通只限于说话吗，性行为不也是沟通的一种？如果真如男主角所言，他可以感受到女植物人与他之间的情感交流（导演确实也在影片氛围中如此暗示），那么他与她的性行为是否如旁人认定的是一种只有单方意愿的强暴？而我们所倚赖判断植物人有没有意识的，也只是有限的医学仪器与知识而已，在影片一开始的时候，医生不就对植物人的男友说了："医学已经无能为力，你只能凭着信心，等待神迹。"而女植物人最后不也奇迹似的苏醒了吗？

看到这里，观众被电影中呈现的真实所感动落泪之余，同时也不停地与自己心中现实世界的道德底线争战，阿莫多瓦作品中经常出现的"强暴""医治""占有欲"等主题，这一次皆陷入复杂暧昧的定义问题，不再是大快人心的直言批判。但是阿莫多瓦并非失去了往日的尖锐，相反的，他不但没有失去颠覆的能力，这次他的提问，在任何标准之外，任何理论之外，任何性癖好百科全书之外，令观众更加坐立难安，因为在那一片没有法律、道德、理论可以依靠的旷野中，我们只能自己找寻出路，我们呼求神，也就是呼求自己的心灵。

终于，我们隐约明白了，"对她说话"其实是"对神说话"，更是"对自己说话"，其间的界线，阿莫多瓦用温柔的笔触与含意深远的寓言为我们消去了。

阿莫多瓦五十三岁了，子曰："五十知天命。"果真有点门道。

沙漠里的小男孩
——关于《痞子逛沙漠》

两个人、一片沙漠，就构成了这部电影的百分之九十。

两个演员在片中都叫作 Gerry。一开始，这两个人在无人的公路上驾车前行，马特·达蒙饰演的 Gerry（以下称 Gerry A）开车，卡西·阿弗莱克饰演的 Gerry（以下称 Gerry B）坐在前座。漫长的驾车过程，两人面无表情，不曾交谈。整个片头没有环境音，只有仿佛在宇宙真空里回荡的钢琴声。

到了目的地，两人下车，展开一场健行。他们走入低矮灌木丛零星分布的旷野，镜头随着年轻的脸庞边走边放屁，互相追逐取乐，厚橡胶鞋底走在沙地上的轻快声响在戏院里异常清晰。

天色暗了，还是看不到这段健行路线的终点。决定折返，可是举目皆是不断复制的灌木丛，找不出路与路之间的差别，终于，夜幕降临，他们迷路了。

在寒冷的黑夜里升起营火，忍着饿，Gerry B 向 Gerry A 说了一个关于特洛伊木马的故事，Gerry A 把外套借给发抖的 Gerry B。Gerry B 的眼睛看着火光，火光映着他安静、稚气的脸庞。火燃烧着树枝，毕毕剥剥。

第三天、第四天、还是第五天，越来越深的迷路里，他们默默地走了几天几夜。默默地饥饿，默默地拌嘴，然后产生幻觉，不支倒地，最后瘫在龟裂的旱地上。

失去意识前，Gerry B 恍惚笑着问 Gerry A：这次远足挺不错的吧。Gerry A 回答，去你的。然后两人昏昏睡去。万籁俱寂，只有呼呼的风声。

在这整个过程中，观众如果没有睡着或拂袖离去的话，应该可以慢慢发现，在国家地理杂志般壮观的影像底下，导演想说的是一个超现实的寓言故事。从沙地走到冰原，这两个都叫作 Gerry 的家伙其实暗喻着一个人的两种面向。Gerry B 比较敏感而直觉，Gerry A 则是理性而现实，当一个人在沙漠里迷路，他的两样性格随着彷徨的脚步在空旷的荒原上展开对话。因此，看似荒谬又疏离的情节（无情节？）在这个假设下也就变得理所当然。这本是一场孤独的旅程，不论是在生理上或心理上的。而包括营火前的特洛伊故事等两个 Gerry 之间无聊却又仿佛另有深意的谈话，其实就是一个人脑中的思绪纷飞罢了。

影片里不断在两人的相处模式上呈现 Gerry A 是照顾者，Gerry B 是被照顾者的关系。但是，倘若 Gerry A 代表的是外显而理智的超我，Gerry 代表的 B 是内向而感性的本我，导演却又耐人寻味地在某些段落暗示这样的强弱或依存关系并非绝对。就像影片中段，两人约定好往两个方向找寻路径，然后在某时回到原点会合，可是时间到了，Gerry A 却等不到 Gerry B 回来会合。我们看到 Gerry A 一反原来冷静坚强的个性，慌张失措地爬上高处，到处乱走呼喊 Gerry B 的名字。Gerry A 反常的恐惧，我们可以在具象的层次上视为失去同伴的恐惧（比在沙漠中迷路更恐怖的是独自在沙漠中迷路），也可在抽象的层次上视为每个人对直觉与童真的依恋，纵使在成长的过程中我们必须抛弃单纯的心灵，走向妥协与世故，然而当意识到这一点时，却没有人不是彷徨失措而恋恋不舍的。就如同 Gerry B 面对绝境时的乐观与不在乎，比起 Gerry A 冷静努力地想找出活路，究竟何者较为正确或"坚强"，影片里提供的线索其实非常暧昧。

在表现形式上，将情节、对白、表演、剪接、特效都降至极低值的《痞子逛沙漠》，只留下大篇幅且质地细致的影像与环境音，运用如此低限的元素却必须撑起一部两个小时的电影，于是《痞子逛沙漠》实验出了各种影像的可能性。

譬如全片最精彩的一个镜头：以侧面大特写捕捉两人行进中沉默的侧脸，从一开始步伐一致，两张脸呈现同进同出的和谐运动，到中段两个人的脚步慢慢转为交错进行，画面中的脸孔也演变成交替运动，成为有韵律的繁复变奏，随着步伐错乱的幅度加剧，脸孔移动的错位也渐次失去了规律，此时又加入了速度的变因，其中一张侧脸终于消失在景框之外……这个很简单的镜头在视觉上表现出丰富的音乐性，在具象层次上似在象征两人从互信到疏离的过程，在抽象层次上又像在暗示人格分裂的形成。导演只用了一个镜头，却说出了那么多的讯息，创造出如此宽阔的想象空间，真是高明之至，足以列名电影史上最经典的镜头之一。

诸如此类纯粹的影像实验在全片俯拾即是，今时今日，还能够看到有人不倚赖表演、不倚赖戏剧冲突、不倚赖文字、不倚赖电脑特效……仍然好古典地去开发各种影像的花样，而且这所有漂亮的影像还能赋予故事唯有影像才能达到的深度的情绪，对于像我这样的观众，实在是一件太幸福的事。

格斯·范·桑特这个美国独立制片的指标性作者，在 1997 年意外卖座的《心灵捕手》后，连续拍了两部片厂作品《98 惊魂记》与《心灵访客》，却都票房惨淡。此次他回归艺术基本面，并且抛弃了以往古怪突梯的作风，专心致志地提炼他以往几部作品中最迷人的寂静与寂寞，并以精确而充满原创力的形式，处理生存的孤独与心灵的困境等形而上的哲学议题。格斯·范·桑特出乎意外的内敛与自信，使得纯靠影像说故事的《痞子逛沙漠》保留了他早期作品的冷调与幽默，却没有那些作品里刻意的粗糙与语不惊人死不休，显得成熟而饱满、既简洁又暧昧，单调的情节却达成象征的境界。

影片最后，比较成熟而坚强的 Gerry A 醒了过来，看见公路就在前方，他走上前去，搭上一辆经过的车子。车子里有一个男人与一个小男孩。

Gerry A 坐在后座，他看了看坐在他身边的小男孩，又看了看车窗外那片梦魇似的、仍躺着 Gerry B 的旷野，Gerry A 神情漠然地把眼神转向前方，男人默默地开着车。这一刻，影片的寓言已经昭然若揭。这场漫长而痛苦的旅程，便是每个人都曾经历的成长，在成长之中，我们蜕去了某些部分，保留了某些部分。那个童年的自己被我们以不同的理由遗弃在小学教室里、公车站牌下、长着芒草的河堤边、某场痛哭流涕的毕业典礼上……在此同时，长大的自己则自顾自地走到视线尽头的公路上，搭上名为"现实"的车子，绝尘而去。

公路仍是不断地向前展开，但是我们都知道，Gerry 心中的小男孩将永远遗失在那片沙漠里了。

睁开眼睛，睁开眼睛

——亚历桑德罗·阿曼巴的幻象世界

　　母亲是西班牙人，父亲是智利人，出生于智利圣地亚哥市，成长于西班牙马德里的导演亚历桑德罗·阿曼巴（Alejandro Amenabar），可能是目前世界上最年轻也最有前途的电影导演。他二十三岁就拍出他的第一部剧情长片《死亡论文》（Thesis, 1996）获得广泛注目，接下来的《睁开你的双眼》（Open your eyes, 1997），迷离繁复的叙事与充满原创活力的影像风格，充分证明他掌握电影艺术的天分，而好莱坞重拍《睁开你的双眼》的《香草的天空》（Vanilla Sky, 2001）以及阿曼巴亲自执导的第三部作品《小岛惊魂》（The Others, 2001），则让他赢得全球瞩目的名声。

　　如同他融合了南美洲与欧洲的血统，阿曼巴的作品里也同时并存着西班牙风格的华丽炫目与拉丁美洲的魔幻色彩，甚至还有一些古典欧陆的神秘深邃。回归影片本身来看，阿曼巴到目前为止的三部剧情长片，其实皆紧紧扣住了感官经验与真实、存在之间的错位关系大做文章。从"看不见"的遗憾，到"看不清"的慌乱，乃至于"不敢看"也"不愿看"的恐惧。看，或不看，启动了阿曼巴作品中的惊悚情境；看与不看之间的反复辩证，则指向真实与否的终极疑问，这个大哉问随着三部作品的演进，发展出越来越深层的哲学探讨。也使得表面上炫目好看，扣人心弦，充满娱乐性的阿曼巴的电影，拥有了不同于寻常惊悚片的丰富层次。

"我从没看过死人。"

——《死亡论文》

在阿曼巴的处女作《死亡论文》的序场，一个跳轨自杀的人阻止了火车前进，挤满每个车厢的日常人生轨道因此有了个小插曲。疏散乘客的地铁月台人潮中，女主角安吉拉静静地随着人流前进。忽然间，她有了一个念头，她想看那具尸体，一眼就好，她还没看过死人耶。安吉拉试图挤进围观的人群，人真多，然而她已经被观看的欲望抓住了，她一直挤一直挤，终于，只差那么一点，她就要看见了的时候……一个警卫拉开了她。"没什么好看的！"

被遮盖的暴力与死亡现场，源于其被视为对正常社会秩序的威胁，属于"不该看"的影像。而安吉拉对于"观看"的欲望便来自于此种禁忌，她看不到真实的暴力与死亡现场，转而把研究暴力影像当成她的论文题目，潜意识地想借由观看虚拟的影像（以一种正经且安全的位置）来实践她观看的欲望，却也因为观看惹祸上身。她请指导教授帮她从学校片库里借一部禁止学生借阅的暴力电影，教授借出录影带后，竟在看片时暴毙于放映室中。安吉拉独自走进教授的死亡现场（终于看到了死人），但是她受观看的欲望驱使，偷偷拿走了使教授致死的录影带，却导致噩梦的开始。安吉拉把录影带放进机器里播映，影片播放时，她把眼睛蒙起来，只听见影片中传来阵阵惨叫声，令人毛骨悚然。原来这不是虚构的恐怖片，而是真实的虐杀纪录片，被杀害的人正是学校里去年失踪的女学生。安吉拉也因此被卷入了杀人案件之中。

接下来的情节铺陈,除了绕着"凶手是谁"的惊悚片悬念之外,更令人印象深刻的是导演对影像与真实、想象与经验、观看与被看之间的来回翻弄,本来以为是虚构影像的电影其实是真实人生的片刻,原本是疏离的研究取样,变成了无可逃避的现实生活,而本来观看暴力的人,如今成了暴力的当事者,更是被观看者。在安吉拉的平凡人生中,她渴望的影像不只是刺激,更变成了一种预言,当安吉拉身陷和录影带里一模一样的暴力现场时,似乎是影像吞噬了真实,然而当她挣脱了被害者的命运,反击成功时,又像是打破了影像催眠的命运。片中女主角在上课时听到的一节节关于"电影只是一种娱乐"的讨论,竟像是反讽这整部片高潮迭起,充满娱乐性的情节铺陈,又像是提醒被紧紧抓住的观众,不要太入戏,眼前的影像不过是一种娱乐。阿曼巴若有似无的反省,赋予了《死亡论文》在出色的惊悚片技术外,更耐人寻味的后设趣味与影像隐喻。

"我没看到,我不相信!"

——《睁开你的双眼》

在他的第二部电影《睁开你的双眼》中,阿曼巴进一步地把这种对感官经验的怀疑推进到存在主义式的哲学层次,讨论的范围更加广阔,以"眼睛"为母题,辐射出美与丑、外表与内心、真实与幻觉、生命与死亡等议题,并归结到人对自身存在意义的大哉问。

影片描述一个长相英俊的富家子萨塞尔,抛弃了昨夜露水姻缘的女人,爱上一个清纯的舞蹈员。被遗弃的女子心有不甘,驾车企图与萨塞尔同归于尽,萨塞尔虽然逃过一劫,却惨遭毁容。然而当他失去了俊秀的面孔，原有的爱情与友情也因此全盘改变，萨塞尔寻求各种方法找回他原有的快乐人生，包括整容术与几近科幻的遗体冷冻及人造梦境，可是梦境受潜意识干扰而出现裂缝，真实与幻觉的混淆使他杀死了心爱的情人，锒铛入狱，而这一切都只是梦境而已。

阿曼巴运用各种虚实交错的手法来叙述这个原本就不简单的故事，使观众和故事主角一起陷入这场醒不来的噩梦。阿曼巴紧紧扣着"感官经验"与"存在"之间的错位关系，更进一步地去探讨"观看"这个主题。在《死亡论文》中，社会对"观看"的限制，激起人们对"观看"的渴望，而《睁开你的双眼》则继续追问：我们凭借感官认识这个世界，但岂知眼前看到的皆为真？而男主角失去了一张俊美的脸皮，就失去了所有美好的一切，那么我们所赖以生存，真心相信并热烈追求的世界，又岂不是建立在表象之上？

在这部片中，真实的与虚拟的影像没有电视画框与录影带的沙沙画质作为辨识标准，主角无从分别眼前的一切是真是幻，就如同"庄周梦蝶"的譬喻，导演借由这个繁复、炫目又苦涩的故事，一方面让观众走出电影院后，对眼前的一切皆产生怀疑，另一方面似乎也将这种感受返归到"电影"这种直接、具象、全面包覆式的，最接近真实感官经验的媒体身上，暗示着导演对观众拥有的巨大权力。阿曼巴用电影艺术霸道的操控力具体而微地重现凡人们但凭感官认识世界，认识自己的危险处境，让人心生恐惧，又对梦境一般的人生迷恋不可自拔。

"你看，他就在窗帘后，我叫他出来让你看看。"
"我不要看！"

——《小岛惊魂》

经历了前两部电影对视觉经验令人叹为观止的影像花式表演，阿曼巴成功地赢得评论与商业的巨大肯定，《死亡论文》拿下当年哥雅奖包括最佳影片在内的七项大奖与国际奇幻影展最佳欧洲电影奖。《睁开你的双眼》不但成为西班牙影史上最卖座的影片之一，夺得东京影展最佳影片大赏，更被汤姆·克鲁斯看中，翻拍成一部几乎是照本宣科的《香草的天空》，阿曼巴也因此受邀至好莱坞，与妮可·基德曼这样的顶级巨星合作，拍摄他的第三部作品《小岛惊魂》。

这一次阿曼巴选择以室内剧的形式，继续他感官经验与真实存在之间的辩证。时间设定于大战期间，英格兰一个弥漫云雾的孤岛古宅中，一位丈夫出征未归的妇人带着她对光线敏感的一儿一女生活。某天早晨，屋子里的用人们忽然全部不见，然后三个不请自来的用人上门应征，也揭开了妇人及其儿女皆不知自身已是鬼魂的真相。

阿曼巴巧妙地运用一座每一扇窗都被挡住、绝不能同时开启两个门、没有电、只能用烛光照明的黑暗大宅暗示感官的有限。观众与故事角色只能掌握烛光可及的小小部分，对于烛光所不能及的庞大黑暗因此有了无限大的恐惧与想象。这种只允许观众看见小部分而留下大量未知的手法，原本就是惊悚片里常见引发恐怖的手段，而导演将此类形式与他一贯对感官经验的怀疑主题结合，也让影片所有的悬疑桥段看起来似乎都别有所指，另有深意。空间虽然有限，想象却更加宽广。从母亲口中告诫儿女的圣经故事，到为尸体照相留念的诡异风俗，乃至于空间和时间的相对性，死灵与生灵的同生共存，阿曼巴显然为他从感官表象出发，关于"Seeing is Believing？"的疑问，找到了一个返归内心，"Believing is Seeing！"的答案。

至此我们不免联想到西班牙超现实大师布努艾尔在《安达鲁之犬》中，像是象征着破除视觉限制又像在讽刺电影艺术的经典画面：

一个割开自己眼球的女人。不停呼唤着"睁开眼睛、睁开眼睛"的阿曼巴，纵使对眼前万象万物无尽着迷，终于也像是割开了眼球，在无限风光的好莱坞里选择闭上眼睛。

然而就算所有的真相都水落石出，只要观众没有真的把眼睛割掉，当灯光熄灭，光束自身后射出，如同每一个早晨初露的曙光，我们终究还是会睁开眼睛，然后发现自己依然百折不挠地迎向每个不管是不是阿曼巴手笔的幻影世界。

所有的，所有的，镜子里的爱丽丝
——看《爱丽丝的镜子》

她们幻想自己是某角色，然后拿相数位机互拍、自拍，抽大量的烟，把一个房间漆成紫色。

当她们做着这些事的时候，她们成为自己想要的某种形象，完成了自己。常常自拍的结果，她们锻炼出面对镜头的诀窍，拍出来的照片，一律大头狗姿势，仰头瞪着镜头，确保眼睛大、下巴小，加上花边，调过色差，上传上网或化为小贴纸贴在任何地方。

镜头的前面是自己，镜头的后面是自己。电脑荧幕的前面是自己，后面也是自己。

电影《爱丽丝的镜子》令人联想到自拍这件事，镜子的两端都是自己，既公开又极度隐私。尽管情节像日本电影《花与爱丽丝》那样，二女爱上一男，台湾版的女子双人组电影。然而《爱丽丝的镜子》里的两个女孩是如此清醒与自觉，她们从头到尾都不是日本纯爱电影那种在四月樱花下逆光迷蒙的高中女生。她们肩并肩，走在和她们的穿着一样批批挂挂的台北街头，有如女巫白昼现身，既浓艳又干净，既假又真。

差别就在于自觉。

我们大可以把《爱丽丝的镜子》与《最好的时光》《千禧曼波》

相比，去讨论取材自同一故事，真人与扮演之前的差别。不过，《爱丽丝的镜子》既已处于一个非常后设的情境下——由欧阳靖演出她自己，并且在舒淇扮演她之后扮演她自己——电影中的真假层次原就机关重重，所以，《爱丽丝的镜子》能够在这样的先天条件下达成意外的神采，关键就在于导演姚宏易充分掌握了那份自觉。

《爱丽丝的镜子》并不像侯孝贤的电影一般，用一种穿越层层时光的神的眼睛，去谛视芸芸众生的一举一动。姚宏易的镜头显然更紧贴片中的角色。与《最好的时光》中《青春梦》相似的几场戏可以看出差异，譬如中镜位跟拍男女主角骑机车奔驰，或是两人拿着日光灯座亲吻缠绵。在侯孝贤的镜头下，观众感受到光影流转在胶卷上凝结的诗意，对于凡间种种的不忍；在姚宏易的镜头里，却传达出一份杂乱中的速度感与肉感，真刀实枪扎进身体里的紧贴，就像从口袋里拿出两根手指就可以操作的相机，随手拍下一小片的街景、一顿冒着热气的晚餐、一瞥镜中匆匆的自己，一时之间，也许来不及平心静气凝视它，但是当下的情绪都完整保留了。

自拍是自觉的，它既亲密又疏离。

正因为导演是这样紧贴，又这样疏离、随意，所以我们才会看到电影里的欧阳靖与谢欣颖，神奇地在电影的行进中错位。影片一开始原是以欧阳靖的视点出发，到了结尾却让观众完全站在谢欣颖角度看这个故事，中间转换的过程竟如此不着痕迹。想起来，还真是像极了无名小站繁如天星的网络相册，在一张照片与另一张照片，一个博客到另一个博客，（如果你愿意）可以永无止境的链接旅程之中，相簿主角不停地变换，从 A 换成 B 是如此自然而然，自然到其实那所有的 ABCDEFG……看起来就像同一个人的不同装扮，看起来，对，就像镜子里的爱丽丝。

我们早已模糊了哪张脸孔该配上哪个昵称，那所有所有仰头看着镜头的大眼小脸长睫毛，漂亮但廉价的爱丽丝，却比任何写真集的女主角，更能让你想象她身上的味道。

《心动》才是《最爱》

——十三年后,张艾嘉的回归与超越

走出光明戏院,正好是寒流来袭的黄昏时分,街上颜色依然明亮,竟然还有些阳光的感觉,只是人车稀少。空荡荡的马路上被风充满着,在没剩几片叶子的行道树下拉紧了外套前行,人还有半截在电影里,让这一幅萧瑟景色也配上了感伤的电影配乐。心想:连这温度也像是从电影情节里带出来的,每个人都披上一件毛呢大衣。深夜寂寥的公交车总站,女生用手捂着白烟直冒的嘴说:"好冷、好冷。"然后,男生就用自己的大衣把她拥进怀里。

坐上欣欣253路,沿途是往日熟悉的街景。隔着车窗细数那些拉下铁门或已经易主的店铺们,从前天天报到的早餐店看起来荒废已久;实在不怎么样但是离学校很近的牛肉面店,现在变成好几台复印机在里面轰轰作响;曾经是一对外省老夫妇开的,会煎出很好吃的荷包蛋的简餐店,则改成了机车行……奇怪记忆里尽是些吃食的地方……在街的另一边是承载了太多年少时的回忆以致我不忍转头去看那现在已经完全变样的景美河堤。当我十七岁的时候,常是一群人约了去嬉闹、散步、围在好不容易生起来的火旁清谈、悲秋、就着吉他声唱歌之所在。十年前映在河面上的点点星火、灿烂似火的天边夕阳、堤旁随风摇曳的白芒花。那些被火光照亮的稚气脸孔常会唱起的一首歌：红颜若是只为一段情，就让一生只为这段情。一生只爱一个人，一世只怀一种愁……

十年后的我再看《心动》，很难不想起十三年前张艾嘉的导演处女作《最爱》。同样以倒叙的形式追忆一段年轻时候的情事，同样的三角关系，同样的在多年以后彼此释怀并对曾经激情的过往淡淡感伤，甚至同样地引来对导演私生活的对号入座。仿佛张艾嘉在这十三年间拍的其他作品都只是逢场作戏，在十三年后才又重新找回了她的最爱。

可是《心动》终究比《最爱》成熟太多，在《心动》里使用的倒叙手法已经不再是机械式地一段现在、一段以前，而是随着故事本身进行的节奏自然而有机地伸展开来。不只在大结构上用倒叙，更在每一场戏之中、场与场之间，甚或镜头与镜头之间做倒装。譬如小柔的母亲与浩君及浩君的父母在餐厅里谈判的那一场戏，母亲激动落泪的一幕，早在影片前段就已夹杂在另外的情节中一闪而过，而整场戏则是等到影片后段才完整出现，与多年后母亲与浩君再度碰面的情节做对比。又如之前我们就发现一幕，好像有一个女人在浩君弹吉他的天台上收晒干后随风飘飞的衣服，到了影片最后我们才知道那是陈莉，因此揭露了与浩君结婚的是陈莉的真相，以陈莉为叙述观点的段落也随之浮现。像这样的例子在片中比比皆是，我们或可称其为一种镜头组合上的伏笔效果（相对于剧本写作中常见的伏笔手法），这种叙事语法，零碎、纷乱、随机，但却准确地仿真了人的记忆。回忆本来就不是完整的也不是序列的，而是随景触发，东一个、西一个互相牵扯，接踵而来的。配合上故事以三个主角的有限观点接力进行、开展，《心动》达成了内容与形式间难得的和谐。

不光是在说故事的技巧上进步了，经过了岁月的历练，张艾嘉对于一个三角爱情事件的理解，也比十三年前全面且深入多了。这个转变在片中小柔母亲和陈莉这两个角色上最为明显。在一则罗曼史中，母亲（传统保守的反对力量）及男女主角的单恋者（点缀在两情相悦之间的悲剧角色），往往被便宜行事地处理成扁平的功能性元素。可是在《心动》里，这两人的亮眼程度甚至盖过了男女主角。在张艾嘉的审视下，这一场青涩的恋爱事件，反而让我们看到了小柔与母亲间互相角力的权力关系，以及单亲家庭中母亲与儿女令人窒息却又难以割舍的纠葛。我们几乎可以根据母亲在女儿这一场横越二十年的感情中的转变：女儿年幼时的强悍、女儿成年后转为依赖、女儿结婚后变得孤僻而感伤。导演似乎有意借着母亲角色的转换，来标示岁月流转的无情与无奈。而诠释这个角色的金燕玲，也精确地掌握了导演所赋予此角的意义而光芒四射。几年前一直有消息说张艾嘉在筹拍一部名为"母亲"的片子，却一直没有拍成，我想《心动》在某种程度上是这个心愿的实现。

陈莉对小柔的同性恋情愫，从故事一开始就有迹可寻。一些小小的动作，几个意味深长的眼神，使得陈莉对小柔表白时观众并不感觉到突兀。而这个角色真正的血肉，在于后来小柔赴日参加陈莉的葬礼，也知道了陈莉是浩君的前妻时，心中涌现出片片段段对于两人往日的记忆，从而补上了故事的另一个面向。当陈莉发现小柔与浩君通信而对浩君提出离婚时，我们同时看到陈莉沧桑又灰败的面孔与浩君仍然年轻却随口敷衍的神情，两者恰成强烈的对比。身为一名同性恋者，生活在异性恋社会中的挫折与辛酸不言而喻。导演描写陈莉的篇幅有限，我们却也能在其中感受到真实的生命。那是在事过境迁后回想起来才恍然明白的、曾经错失了、忽略了的就在身边的情感。十三年后，张艾嘉对于爱情的阴暗面与人生的残酷终于有了更深的体会。

女明星拍电影总难免惹来窥探的眼光，从《最爱》到《心动》，都有人问："这是不是你的亲身经历？"张艾嘉在电影语言上的进步，也使她把这种眼光转换为电影中的趣味。《心动》里的后设结构贴合着故事本身的肌理以及作者所要表达的意念，是自然而不勉强的。妙就妙在透过编剧过程的暴露把私人生活与电影创作混淆，点出了现实中的作者、电影中的作者、电影，这三个层次间互相指涉的趣味。现实中的导演扮演电影中的导演，电影中导演的母亲和虚构女主角的母亲是同一人扮演，而且虚构女主角的造型又影射现实中的导演。再加上张艾嘉在接受访问时又极力撇清："这不是我的故事！"使得虚构与真实之间的暧昧与想象延伸到电影之外，赋予这部作品更复杂也更宽广的空间。

电影的最后一幕：飞机上的导演在三万英尺高的云层上往下看，十七岁的小柔和十九岁的浩君微笑着靠在变换着四季景色的大树下望向远方，接着那叫许多人吐血的好假的蝴蝶翩翩飞起。这一幅梦幻的画面，其显而易见的造假，更是具体而微地总结了银幕内外的讨论与追寻。年轻时的爱情，总是在时光流逝的脑海中，不断地增殖、变造，也愈加纯粹与美好，终而成为一个回答所有现实生活中不满的一个永恒的答案。

而张艾嘉说："我只想说一个简简单单的爱情故事。关于这个女的为什么跟这个男的在一起，而不是跟那个男的；又为什么这个男的没有跟那个女的结婚，而是跟了这个女的。"

我一直记得电影里有一幕：派对结束后回家的路上，那些年轻而汗湿的脸孔疲倦地蜷曲在公交车后座。车窗外呼啸的风，把他们手中节庆后的气球，刮到了车外。那两个过了时节的气球，就这样缓缓地越飘越远，终于在夜空中消失不见。

就好像那些美好的日子。

林青霞与美好的 70 年代

　　一想起 70 年代的台湾，许多经典的影像马上浮现脑中：譬如加工出口区下班时刻蜂拥而出的大片摩托车潮、譬如十大建设施工中的黑白照片、譬如红色塑料壳的幸福牌收音机传出凤飞飞的歌声；这些影像浓缩了那个天真年代的种种，而其中最动人的，是那些凝结在时光中的脸孔。

　　第一次搭乘自强号的兴奋与好奇、校园草地上自弹自唱的纯真与自然、在客厅里装备着各种加工品的专注与相信……在这所有的喜怒哀乐中，有一张面孔是我们都能轻易辨识出的，那是张不寻常的脸孔，既陌生又熟悉，总是带着一丝倔强的神情望向远方，那是林青霞的脸孔。

　　说起来，我是在许多年之后，才真正认识林青霞的。

　　如同许多和我一样在 20 世纪 90 年代长大的孩子，在我们的记忆里，林青霞是那个眼神凌厉、武功高强的东方不败。她在电影里坠落悬崖，要李连杰永远记得她的那一抹微笑，着实让当时懵懵懂懂的我们，在电影院里好像被什么东西撞到一样，忽然了解了东方不败的悲伤。

　　又或者，更早一点的记忆，林青霞是《刀马旦》里俊美男装的军阀千金，与钟楚红、叶倩文一齐从白色窗户里向外望，那单纯又正直的眼神,让人好想和她看着相同的方向;林青霞也是《滚滚红尘》里在逃难人潮中终于和情人失散的上海女子,凄怆的配乐声一下,她脸上的惊慌与失落,让我们也感受到了大时代的苍茫。

这些我原本有的对林青霞的印象,一直到我大学毕业后才有了转变。当时我在《台湾电影数据库》担任助理,那也是我人生的第一个正式工作。工作内容是把每一年的电影院票房数字和每一天报纸影剧版上的电影新闻敲进计算机里。这工作听起来枯燥,对我来说却是乐在其中,因为那时候我开始想写一篇关于我父亲的小说,而且对他高中毕业后从嘉义独自来到台北的70年代特别好奇。借由翻找旧数据,我想也许可以慢慢拼凑出年轻父亲的模样,当他搭着火车北上时,心里在想些什么。那段时间,我搜集着那个年代的种种,从街道的样子、时兴的服装到流行的歌曲,而很快的,我发现70年代台湾最红的电影明星,就是林青霞。

林青霞在70年代的样子真是不可思议,每当我在深夜的旧杂志堆里翻到她当时的照片时,我总是要在心里叹一口气,怎么会有那么漂亮的人啊?后来,我找出她在70年代主演的爱情文艺片,更是看得目瞪口呆。

《窗外》里穿着高中制服、托着脸颊、天真又忧郁的女学生,《爱情长跑》里一身劲装、扎两个马尾俏皮的体育健将,《一颗红豆》里戴着宽边草帽、迎着风凝望远方的少女。

这些林青霞的影像真是令人着迷。更奇妙的是,当我看着这些旧时胶卷的同时,我开始能够想象二十几年前,父亲看着这些影像的情景。那可能是西门町的新世界戏院或中国戏院,在当年盛行的近千人座位大厅,坐满着休假日里专程来看爱情文艺电影的青年男女。他们有的是学生,有的是职员,有的是劳工;也许是与同学的出游,也许是第一次的约会，也许是失恋的孤独。随着光影流动，我几乎可以看见灯光熄灭，电影开演的那一刻。那应该是1976年万众期待的《我是一片云》。影片一开始，林青霞披着长发，穿着红色条纹T恤与白色喇叭裤，双手抱着书本从操场的另一头走来。随着镜头越拉越近，她奔跑了起来，然后她在一棵树下一跃而起，伸手要去摘树上的花朵。随着她的跳跃，镜头切换成仰角，并以慢动作无限延长、放大、凝视那一刹那，纷纷落下的金黄花瓣、飘动的发丝与林青霞灿烂的笑容，同时投映在银幕对面每一双年轻的瞳孔之上……

这样的想象似乎真的让我闻到了爸爸当年呼吸过的空气。深夜的放映室里，我忽然理解了搭着火车北上的父亲，心里想的是什么。他一定是怀抱着对远方、对未来的憧憬，相信着即将到达的那个大城市，有着如同林青霞与她所主演的电影般洁白、青春、现代的理想生活，那里有自由的爱情、光明的前途和三房两厅的公寓。与父亲同乘着一列火车的乡村少年们、黑暗中看着林青霞的年轻观众们，当时并不知道电影与人生的差距这么大，当然也不会知道林青霞在三十年后的访谈中，透露了70年代美丽银幕的反面，是她必须动辄同时拍好几部片的疲惫与无奈。幕前与幕后，真实与梦幻的一线之隔，再也没有更传神的范例。

多年后的今天，我已经换了工作，算一算，爸爸也已经去世二十五年了。我读着新近出版的林青霞访谈录，那许许多多的回忆与照片，在脑海中与童年时爸爸总是充满活力的眼神连在一起。我仍然愿意相信，当爸爸还是少年的时候，少女林青霞在大银幕上所给予他和他那一代人的梦想与勇气，是任何现实也抵消不了的珍贵与美好。

美好的年代，孤独的人
——岩井俊二谈他的年轻时代

80年代的日本，万事美好的黄金年代，一切的事情都在上坡中，摩天大楼与青春期的身体一起拔高，少女偶像梦幻的童音唱着：

"啊——我的爱已随那南风而去，

啊——都到了那熏风吹拂的珊瑚礁。"

这是《青色珊瑚礁》，松田圣子1980年夏天的大热单曲，也是泡沫经济破灭后，日本人追忆80年代的当然背景音乐。日剧《长假》里过气的模特儿，重整心情出门应征之前；岩井俊二《情书》里遭遇山难的青年，坠落山崖，失温弥留之际，不约而同地唱起这首令他们心情轻快的曲子，在古旧温暖的旋律里，年轻时街道的颜色、海的气息、高涨的心情仿佛又重现。

我问岩井俊二，关于他记忆中的80年代。他说："80年代啊，那是个无聊的年代。"

"那是泡沫经济的顶点，一切事情似乎都很轻易，年轻人都忙着去玩，高尔夫、踏青、联谊、野餐、冲浪……那时候认真用功的人，都被嘲笑成笨蛋。""但是啊……"岩井接下去说，"我从那时候就知道这种美好的情形不会长久，所以，当别人疯狂玩乐的同时，我就加倍地默默努力用功，总是处于孤独的状态。"

孤独的岩井俊二，在大学入学日当天就没参加开学典礼，他走进学校的电影研究社借了一台摄影机，走出校门开始拍起横滨的街头。就像他说的，80年代的日本年轻人只想玩乐，因此电影社里的器材一直都是他一个人享用，当他一副理所当然的模样走进社团里拿器材，社团的学员们都以为他是大二的学长。

岩井俊二在大学时拍过克难的实验电影，也因为和有钱的医学院电影社合作，拍过豪华的古装长片。"医学院的学员都很富有，所以要拍古装剧时都有很多真正的古董，这些富有的学员穿脏了衣服常就丢在现场，我拿起来看都是名牌，开会时都竟然在五星级饭店的高级酒吧，那是政治家才会去的场所"。

由于年轻时就经历过不同的拍片模式，岩井俊二后来一直不认为资金是一种限制，反而深知不管哪一种方式都可以拍出电影，重要的是如何用柔软的方式去将自己想拍的东西表达出来。

就这样自己默默拍着电影的岩井俊二，却不希望自己的作品只局限在纯艺术的范围，反而希望能有娱乐性让观众看得高兴。他拍了许多喜剧片，譬如有一部片是描述两男一女的三角恋爱，最后以踢罐子游戏来决定胜负，片子最后的三十分钟都是在踢罐头，因为岩井希望最后的电影高潮是以全场欢笑收场。没想到，试映会上大家都哭了，由于最后一场踢罐子游戏的主角都太认真了，甚至因此而死掉，观众于是都同情起他们对爱情的执着。

这种美与孤独、悲伤与爆笑之间的反差，也出现在二十年后，他的最新作品《花与爱丽丝》中。可能是前一部作品《关于莉莉周的一切》太过悲伤，《花与爱丽丝》就设定是喜剧基调。影片的主题是因为暗恋而产生的恶作剧，过程虽然爆笑，结局却令人淡淡的惆怅。最后一幕，两个女生一起走在洒满阳光的人行道上，互相嬉戏打闹，她们之间的一切谎言与猜忌似乎都消失无踪，只有高大的行道树在青空中飞舞着。导演想让大家笑，但老实说，那种若无其事的青春却更让人想哭。

岩井的作品一向有种怀旧的感伤，从他看似轻描淡写的故事与画面里渲染开来。他的电影让人想起 80 年代，或者所有已经不再的花样年华，每个人年少时都经历过的点点滴滴。大学毕业后，岩井一度想放弃电影，改当漫画家，但是他心中不断有音乐与色彩冒出来，最后，他带着一部八厘米作品和自己印的名片到东京寻求当导演的机会，经过电视台工作与拍摄 MTV 的磨炼，终于拍出了属于他的电影。

还好有岩井俊二，这样一个在大家都跑去玩乐的时候，默默地孤独地努力的人，把这些不自知的青春身影都记下来，让我们年老时，还能在电影院里找回那些潮红的脸颊、青涩的眼睛、四月樱花飞舞的淡紫、黄金岁月的视觉与记忆。

"正因为我年轻时的努力，所以现在啊，我可以算是同一世代导演里的代表人物吧！"岩井俊二以一贯酷酷的表情说出这个结论，而我们也欣然接受了，毕竟我们都享受到了他孤独的代价啊。

小·电·影·主·义

《小电影主义》是一份电子报,创办于1999年12月,创办人是我的朋友杨元铃和连立生。

《小电影主义》没有稿费,发报动机全出于个人爱好,每期刊登一到两篇影评文章,收集并整理各种电影映演、讲座、征件资讯。在那个台湾电影票房屡创新低、平面媒体几无影评生存空间的年代,每周一到两次的《小电影主义》联系了许多爱电影的年轻人,发行量最大的时候,订阅人次曾经到达六万。

因为与杨元铃相熟的关系,我算是最早在《小电影主义》上写影评的人之一。那时候我刚退伍,不知道自己可以做什么工作,更没有想过有一天自己可以拍电影。在政大卢非易老师好心收留下,我回学校担任"台湾电影资料库"的研究助理。两年间,每天搭木栅线上下班(说是上班,但并无固定上下班时间),穿着学生时期的牛仔裤,过着和学生时期几乎一模一样的生活。

当我每天在研究室里一字字把历年电影票房数字输入电脑的同时,杨元铃他们开始写作、收集文章,编辑起《小电影主义》电子报。从亲朋好友之间的小规模手工发信,一直到借助联合电子报、智邦等ISP大量发送。《小电影主义》成了当时热门的电子报之一,而它关注"非好莱坞电影"的独立姿态，也让它成为影迷的集散地。每当我在研究室里打字打到头昏脑涨，打开 E-mail 信箱，看到纯文字的朴素如原始码的"小·电·影·主·义"字样出现在信件标题时，心里面那种对电影的纯洁膜拜又幽幽地升起，《小电影主义》好像在提醒我时间在不断地流逝，而茫然生活中赖以辨识时间刻度的坐标，则以电影为名。

两年后，我考上了研究所，开始用学校的器材自己拍实验片。科技的进步让"拍电影"的门槛降低了，以前总在报纸上看到导演抵押房子拍电影的新闻，觉得拍电影是遥远而奢华的梦。而 90 年代末开始普遍风行的 DV，似乎提供了一个模拟电影的可能。我随身带着向学校借来的，仅一掌大小的 DV，每天出门拍东拍西，没有很确定自己想要表达的和拍下的有什么关联，只是用这种随意轻便如使笔写字的纪录工具，留下一些我私心不舍得任它在记忆中消失的影像。再向朋友借来剪辑软件光碟，安装进个人电脑，就在我家客厅里开始剪辑那些在街上捡拾而来的影像，完成我一人对电影梦的小小实践。

在此同时，《小电影主义》随着千禧年前后".com"风潮的鼓舞，成立了公司。公司做网站、做电子报、做线上资料库、办影展，一切环绕着电影的数位任务，而成立公司的最终目标是"希望能真正拍一部电影"。《小电影主义》最初的办公室在新生南路和仁爱路口，现在已经拆除的一栋旧大楼里。我常常去那个办公室，大家聊聊才看过的电影，聊聊未来的计划，一起去吃便宜的合菜。虽然我们都不是"真正拍电影"的人，但是透过这些和电影相关的写作、编辑、实验、哈拉，我们仿佛越来越接近"电影人"。而这一切，都要感谢网络和数码工具的降临。我常常觉得，我们是被电影胶片那神秘不可捉摸的化学光泽召唤而来，但是若没有网络和数码产品的任意门，很可能永远踏不进森严的电影殿堂。

千禧年过去了，很快的，一下子过了十二年。《小电影主义》在 2005 年无限期暂停发报，我的电子信箱里很久没有纯文字的"小·电·影·主·义"标题。取而代之的，是花花绿绿的各种图档，电子世界也图像化了。《小电影主义》的朋友们各有不同发展，这中间的人事分合，就像电影一样，回想起来总是有点悲伤。而这十二年来，台湾电影也变成了和当年的凋零完全不同的繁华模样。

历史是一股难以预测方向的洪流，我们身在其中，各自做了一点什么，或各自没有做什么，于是，世界变成眼前的样子。但它为什么会来到这里，要追索原因，每个人有每个人的理解，也很难清晰定义。以我自己来说，我总是惦记着那些大趋势下微小而执着的灵魂。

最后，请让我节录一段《小电影主义》的发刊辞当作结束：

> 太多的电影仅仅像一场梦，看似甜蜜，满足了你现实的幻想；梦醒了，嘴角尚牵带着笑意，然而幻想却更加深了一层，需要再做一场梦，再一次次被虚幻的满足。这样的"电影"，是存在的吗？
>
> 事实上，我们想要诉说关于"电影"的种种。因为我们想证明"电影是存在的"。我们试图描绘以电影的轨迹，即使寻不着"什么是电影"，但至少可以证明"电影是存在的"，不是虚幻的。

关于我的第一部剧情长片《有一天》

当我十九岁的时候，因为准备考试，每天窝在台北车站附近的 K 书中心里。那时候觉得 K 书中心是一个非常奇异的地方，每人守着一小格书桌，除了读书，更多的时间是趴着睡觉。每次悄声经过的那一排排沉睡的学生，我都揣想着他们梦到了什么。

当我二十二岁的时候，因为抽到了金门签，被送到高雄寿山等船。那时候每天晚上站卫兵时都会偷打一通电话，听着话筒另一边总是无人接听的嘟嘟声，看着山脚下宁静发亮的高雄市，觉得爱情好缥缈，青春好寂寞。

后来，我搭上了开往金门的船，在一夜夜浪声中，收音机里张惠妹唱着《听海》，王菲唱着《你快乐所以我快乐》。后来的后来，我变成写故事的人，那些记忆中的 K 书中心、寿山营区、船、海，在我的虚构与重述中不断变形、联结、延展、增殖……最后，成了电影《有一天》。

电影可以超越现实，涂改记忆。但是，那些等待的心情，无聊的青春，都是假装不来的。

台湾黑电影

A to Z

A：Animal，野兽

黑电影中的角色，都遵循着动物性的欲望而行动。不论是无时无刻看见女人就扑上的男人，或反扑报复的女人，无关阶级性别，人人都生活在一个没有法治或道德规范的丛林世界。

B：Bad taste，坏品味

血浆、肢体、疯狂尖叫。黑电影不来含蓄幽微那一套，它违背所有追求高尚、讲究意境的艺术原则。黑电影追求直接的刺激，不在乎身段与品味，对主流中产美学实施完全的颠覆。

C：Cult movies，仪式电影

在美学或市场上边缘的电影，却因为特异拍摄手法或题材，引发特定观众上瘾式地一看再看，成为意象鲜明的文化象征或群众苦闷的发泄出口。

D：Dark Desire，黑暗欲望

不能说的、不好意思说的、不该说的、被禁止说的黑暗的欲望，透过黑电影扭曲的影像与情节，和观众达成神秘的心领神会。

E：Exaggeration，夸大

夸大的情绪、夸大的暴力，因为以社会写实为名，才让黑电影的夸大显得更别有用心。

F：Fallen，堕落

黑电影的内容诉说着各种自愿的与非自愿的堕落，而黑电影本身也被视为台湾电影工业堕落的开始。

G：Gambling，赌

黑电影中一个重要的类型，譬如《赌王斗千王》便是1981年台湾电影市场的卖座冠军。

H：Hong Kong，香港

黑电影经常把故事背景设在香港，因为在那个年代，台湾是光明的复兴基地，不可能会有那么黑暗的事情发生。

I：Innocent，纯真

纯真无辜的女子无端遭到伤害，瞬间化为复仇女神。黑电影的经典情节之一。

J：Judge，法官

法官、医生、警察、老师，黑电影经常让这些社会权威人士说出黑暗的故事，片尾再深深地叹息并要所有观众把故事角色的遭遇引以为戒。

K：Katana，武士刀

排名第一的复仇武器，既有强大杀伤力，又有绝佳视觉效果。

L：Liu，陆

规定的，爱情文艺片的女星都要姓林，社会写实片的女明星都得姓陆。

M：Masa，马沙

台湾男性传统普遍的外号，也是黑电影始祖《错误的第一步》主角的名字。

N：NO！，不！

黑电影最常出现的台词。

O：Opposition，反抗

黑电影中典型的行为模式，反抗坏人，反抗社会，反抗命运，反抗一切。

P：Prison，监狱

1979年《错误的第一步》片中首次出现真实且现代的监狱场景，造成震撼。

Q：Questions，问题

黑电影总是问着各种不同的问题，为什么我这么衰？为什么社会那么不公平？为什么人心那么险恶？明白的与隐喻的，各种得不到解答的问题。

R：Reality，现实

25年前，黑电影被认为离现实很远；25年后重看黑电影，却能发现片中其实暗藏着许多在当时不能触碰的真实。

S：Social Realistic Movie，社会写实片

黑电影的学名，虽然其实大家都不认为它写实，或戏称它为"（报纸）社会版写实"。

T：Taiwan，台湾

黑电影的产地，近50年来地球上最戏剧化的岛屿。

U：Unforgiving，杀无赦

黑电影里没有"原谅"这个词。

V：Victorious and Vacant，胜利与茫然

当追到天涯海角，手刃最后一个仇人之后，黑电影女主角脸上的表情。

W：Wan Kou，万国戏院

现已消失的西门町大戏院，曾经上演多部轰动一时的黑电影经典。

X：X，未知

黑电影总是充满着怀疑与困惑，那个未知的危险源头，也许是影片里的恶棍，也许是影片外容不下一丝黑暗的社会。

Y：Young，年轻

所有类型片的主角都是年轻的，涉世未深的年轻人与复杂险恶社会的遭遇，也是黑电影经常表现的主题。

Z：Zero，归零

曾经在台湾电影史上几乎是零书写、零地位的黑电影，现在则是要把台湾电影史归零，重新找回它的存在，也重新找回它背后代表的那些集体情绪。

拍摄后记

《台湾黑电影》这部片，从2003年11月签约到2005年6月交片结案，制作期大约是一年七个月的时间。

回想这一年七个月的时间，只觉得过得非常快，因为交片的时间压力很大，几乎每天都在想还有多少时间可以把资料搜集得再齐全一点，把影片的内容再充实一些，又有多少时间可以好好地把手上有限的材料做最好的安排。

之所以在时间上会感到如此不足，是由于《台湾黑电影》这个拍摄案，主要面对的挑战在于搜集久被遗忘的社会写实片经典。这些当年以商业为目的的影片，因为不被认为具有艺术文化收藏价值，许多当年投入的业者，如今也已经离开影坛，改做其他事业，以至于许多重要的经典如《女王蜂》《黑市夫人》等，才不过二十几年的时间，就皆已散佚。我们透过各种管道探访这些影片的下落，从电影资料馆到专营庙会露天放映的民间业者，最后搜集到并取得版权人同意而使用在影片中的，有《错误的第一步》《上海社会档案》《疯狂女煞星》《痴情奇女子》《女王蜂》《女性的复仇》《凌晨六点枪声》《少女集中营》等八部。比较遗憾的是，也属经典的《黑市夫人》一直到最后都还是没有找到。

寻找、联络与等待回应的过程非常漫长，当最后一部找到的《女王蜂》从西门町巷弄深处的私人片库里"出土"，却又因为拷贝过于陈旧，被冲印厂拒绝过带，不得已只好请拥有这个拷贝的放映业者，安排在某一场庙会庆典中放映，我们再用摄影机翻拍。工程终于完成时，已经是2005年的三月份了。接下来的时间，剪接、套片、混音、制作光学声带、字幕、翻译、冲拷贝等过程，几乎是连滚带爬地赶工，由于辅导金制作合约上订有过期一日罚款千分之二制作费的罚则，我们常常光想到累积的罚款就开始胃痛头痛。不过还好这个罚则最后没有真正实行，特此感谢辅导金执行单位台湾电影资料馆。

《台湾黑电影》能够完成，要感谢的人太多。"新闻局"辅导金提供主要的拍摄经费、电资馆在影片拷贝及文献资料的使用上给予许多协助与优惠；江日升先生、蔡扬名导演、王重光导演慨然同意我们使用他们版权所有的影片片段；还有许多业界前辈有形无形的帮助，亲戚朋友的两肋插刀，才使得这个异想天开又牵连甚广的纪录片构想，有了被实现的可能。

《台湾黑电影》在2005年的台北电影节首映两场后，许多年轻的朋友看了这些"重新出土"的片段，都惊讶地对我说，没想到原来在二十几年前（他们出生之前），台湾电影就已经有这么生猛的场面与意念；也有外国人开始怀疑，《疯狂女煞星》其实是《追杀比尔》的原版；更有一位朋友说，原来陆小芬被五个歹徒追到黑夜工地的场面，就是她盘踞脑中多年的噩梦，她一直以为那些奔跑与歹徒狰狞的面孔，是她梦里出现的画面，直到看过《台湾黑电影》，她才恍然大悟，那可能是在尚未有分级制度的年代里，年幼的她曾经在戏院里经历的震撼教育。

　　我想这应该就是《台湾黑电影》这部片最大的价值与意义，重新找回台湾电影史上曾经深深留在观众记忆里的画面，并试图将这些影片与当时的社会情境扣连，让银幕背面的现实土壤和银幕之前被催眠的观众们互相找到彼此。这样寻找的目的，大至开发台湾电影研究里未曾有过的面向、填补上没有人想提的一块，小至为一位噩梦连连的朋友解开多年的疑惑；原始的初衷、意料之外的，都是这部纪录片确实造成的影响。以前听别人说，每部作品都有它自己的命运，会长成它自己想要的样子，《台湾黑电影》之后，我才真的体会到这一点。我是被黑电影召唤而来的，透过我，它找到它想要找到的人，发出它想发出的声音，不多，也不少，非常准确。

　　能够扮演这样一个类似灵媒的角色，是我生命里前所未有的经验。不论拍摄的过程有多少辛苦，总算有一些人、一些电影、一些我意想不到的事物，因为《台湾黑电影》的诞生而开始了邂逅、重逢、和解、平反等等各种神秘的转变。单凭这一点，我便认为这一年七个月是非常值得的，而且为黑电影从千万人中竟然挑中我这件事，由衷地感到荣幸。

七年后

每次有机会放映《台湾黑电影》，心里都会浮现一个念头：好想拍续集！

因为现在和七年前比起来，因为视频网站的关系，更多"黑电影"的片段素材浮现出来，市面上也重新出版了很多"黑电影"的合法DVD，许多当年怎么找也找不到的影片，现在网络上，市面上，都很容易看到。

也因为许多当年想要采访的人物，在这几年有幸认识了。譬如拍出第一部黑电影《错误的第一步》的蔡扬名导演，在拍摄《台湾黑电影》的时候只通上了电话，没有机会当面访问。可是在《台湾黑电影》交片后，我才终于见到了他。2008年的时候，我甚至有机会和蔡扬名导演以及辛奇导演到首尔CHUNGMURO影展出席"黑电影专题"。影展同时映演了《台湾黑电影》及蔡导演的另一部黑电影名作《女性的复仇》。蔡导演开朗健谈，如果能把他现身说法的身影与他超有魄力的黑电影手笔并置，将会是多么精彩！

很多当年拍《台湾黑电影》时的遗憾，今天感觉都有了答案，包含自己拍了这几年片，应该也会比当年的自己长进一点，至少可以多任性一点，让制作的时间更多一点，想法和执行更接近一点。

不过，这些都还只是想象，真正被完成的，还是七年前的这部《台湾黑电影》。

这部让我总是想拍续集的《台湾黑电影》里面，有我们千辛万苦终于在西门町的私人片库里找到的《女王蜂》及《少女集中营》拷贝翻拍片段（不敢想象翻拍完又回到那个潮湿仓库的拷贝，现在是什么光景），有朱延平导演（《错误的第一步》编剧）、王重光导演（《女王蜂》《少女集中营》）、杨家云导演（《疯狂女煞星》）、陈博文老师及陆小芬小姐的现身说法，也有许多影评人、学者的不同观点。

回想最初想拍黑电影的念头，其实只是一股好奇，一股叛逆，希望把这些在台湾电影史论述中总是被忽略跳过的电影重新挖掘出来，也希望让这些生猛爆裂的影像，与其诞生时同样狂热激越的台湾社会重逢，重新联结起彼此相连的脐带。这些想法，尽管被执行得有点仓促，但它终究完成了。

我希望《台湾黑电影》至少留下一个入口，让那些希望进入那段历史的人（或无意间经过的人），可以借此回到那个又压抑又疯狂的时代。而每放映一次，那个入口就被打开一次……

消失在记忆中的旅行

> 记忆里，那些早晨，离开小阁楼之前，我们总是沉默地看着电视里听不懂的城里大小事，然后偶尔想起什么似地望望雾气附着的玻璃窗外，朦胧的灰色天空。

You are in the future now・东京笔记本

1

我在下北泽的一家小店里翻看2006年的日记本,那是一家卖着许多电影明信片和海报的小店,翻着翻着,某本封面上印刷的句子映到我的眼睛里:

You are in the future now…你现在在未来里……

一种时空错置感油然而生,好像电影《时光倒流七十年》结尾的旅馆房间里,克里斯托弗·里夫开心地吹着口哨准备出门约会,却不意在西装口袋翻出一枚1980年的硬币那样,猛地恍然大悟,然后马上被吸走了。

我看了看四周,一切如常,但就是这样才更诡异。

那是2005年的秋天,那一年我的纪录片应邀到东京影展放映。出发前,影展寄来email说参加影展开幕式要着正式服装,于是我就很土地去买了一套黑西装。

机票的时间很紧迫,从机场到达饭店时,四周已经一片混乱,一名说着中文的日本女生接待人员,看到我好像松了一大口气那样,问我:"你的衣服呢?"啊?衣服不是穿在我身上吗?"你的衣服呢?"

她抱歉又焦急地笑着。我才弄清楚，她是在问我的黑西装呢？她又抱歉地笑着指着手表："请快点……"

我被带到一个更衣室里，很快地换上我的黑西装，但是我怎么样都打不好我的领带。门外叩叩叩，"好了吗？"仍是抱歉但焦急的声音，伴随着奔跑的脚步声。看着落地更衣镜里的自己，第一次想到电影《时光倒流七十年》的旅馆房间、西装口袋和1980年的硬币，我完全忘记领带要怎么打了。

一名西装笔挺的饭店人员前来解救我的领带，随即我被带到镁光灯闪耀的红地毯上。异样的时空错置感弥漫在魔术时刻的六本木，You are in the future now⋯

我在下北泽的小店里买下了那本笔记本，像收藏一个预言似的把它放到我的背包里。

2

第二次买到这本笔记本，是2006年的秋天。

这次是为了一部新片计划入选了东京影展的投资会议，在飞往东京的飞机上，我已经打定主意要再一次去那家下北泽的店买2007年的 *You are in the future now*⋯

这一次没有闪亮的黑色轿车接送，旅馆也从去年赤坂山丘上那栋历史悠久连披头士都住过的高级饭店，换成一切都很迷你的商务旅馆。在投资会议上，我们只有五分钟present自己的企划案，接下来就是等待着想进一步了解的片商来约时间详谈。

影展在会场用简单的隔板隔出了约二十坪的空间，里面放了一组组小圆桌和椅子，作为与投资者洽谈的场所。入口处有一个像旅馆柜台那样隔成一个个小方格的柜子，每个方格上有一个编号，代表一个计划案，有兴趣的投资者或片商就把希望约见的时段写在小字条上投进方格中。我们要做的，是每天早上九点去察看属于自己的那个小方格里，有没有要求会面的小字条，然后依照字条上的时间，在小圆桌旁等候。

我记得，三天时间。第一天两张小字条，第二天一张小字条，第三天，零。

每天早上我和制片从距离六本木会场有一小段距离的饭店出发，深秋的空气已经有了令人缩起脖子的冷冽，我们提着沉甸甸的资料和忐忑的心情走上约十分钟的上坡路，一路上很少交谈，只是低着头走着。

坐在空空的小圆桌旁，看着外面来来往往的人群，制片笑笑地说：你看，我们像不像妓女，在等客人点台。我也笑笑地说：是啊，而且是很土的妓女。真的很土。

后来，制片很积极地去张罗其他生意了，我则是自己走出会场，搭上暖气开到几乎无法呼吸的地铁，转车来到了下北泽的那家小店。

走进店里，下一个年度的 *You are in the future now*⋯静静地躺在那里，像一行科幻的警句，告诉我，看吧，You are in the future now⋯

3

接下来的一年，我没有机会再去东京，

我曾经想过为了那本笔记本专程去一趟东京，但那实在太神经了（也太土了）。正好有朋友要去东京，我在 MSN 上凭脑中印象告诉他我记忆中那家下北泽小店的位置图：

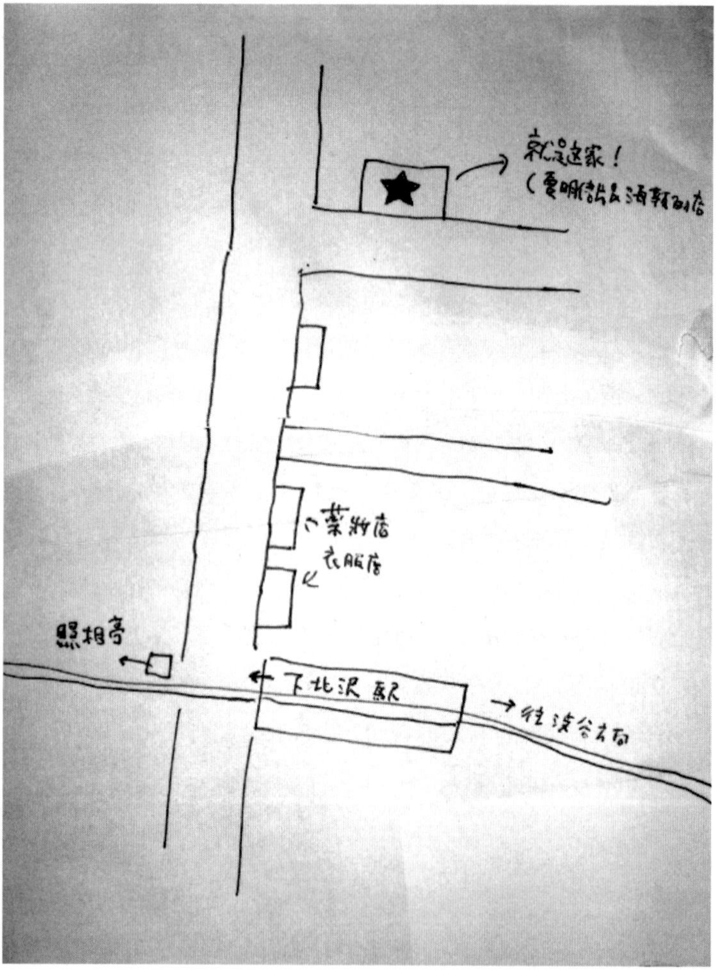

下北泽车站？靠离开方向的那一端的出口（路口有照相亭）？朝热闹的那一方走（应该是往北）？ 途中有药妆店和许多衣服店？那条路第二或三个路口右转？在左手边有一家卖明信片和海报的店？ 就是那一家，并且手绘了一张地图传给他。

一个月后，他从东京回来，在 MSN 上告诉我，他在下北泽的巷弄里绕来绕去，就是找不到那家店。

（他彻底翻过西装口袋，确实没有硬币。）

我终究还是（神经地）飞去了东京，2007 年的最后几日，正值元旦假期，机票超贵。

参加完失败者丛集取暖的跨年演唱会隔日，我从涩谷车站搭上前往下北泽的电车。深冬早晨的阳光特别明亮，列车出了东京市中心，窗外的大楼群变成一大片一大片的平房，天际线越来越低，大块完整的蓝色天空从车窗外悠闲流过，我把数位相机对准车窗，录下这仿佛跨越时空的景色。

中午时分的下北泽因为新年假期，超现实般宁静。我来到那家小店的门前，果不其然，铁门深锁。而我第二天就要飞回台北。

对着面无表情的蓝色铁门，我低声默念：You are in the future now…这一切由东京笔记本带来的故事里，我总是那么土，东京总是那么科幻。

4

后来啊，2008 年春天，我孝感动天地，搜索到有卖那本笔记本的日本网站，拜托在日本念书的学弟帮忙买了寄来台北。打开纸箱时那蓝色封面上的 "You are in the future now…" 有如久违的老师、迟来的安慰，令我几乎热泪盈眶。

当我拆开包覆其上的透明塑胶纸，颤抖地翻开笔记本时，却发现这里面不再有年月日的方格，不再有星期、节气、东京地铁图与各种实用图案。

只有一片空白。原来这是一本空白笔记本，只有封面上一样写着：You are in the future now⋯

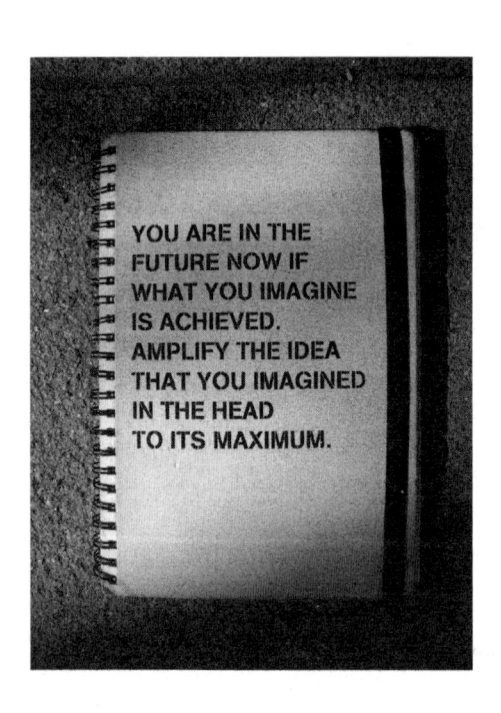

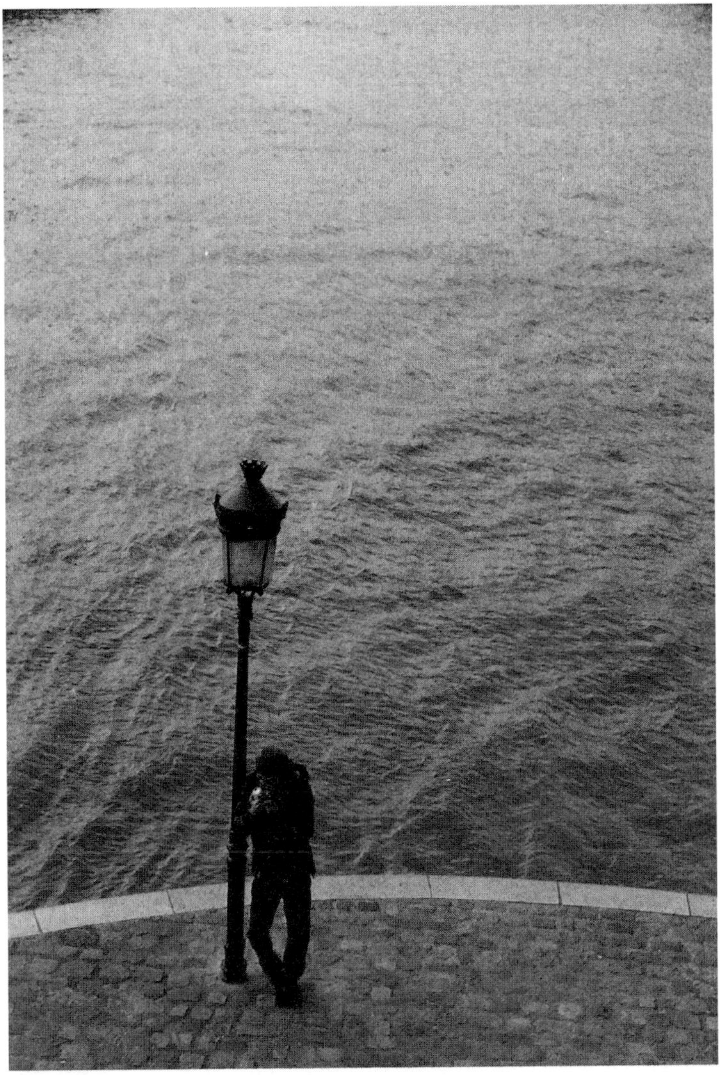

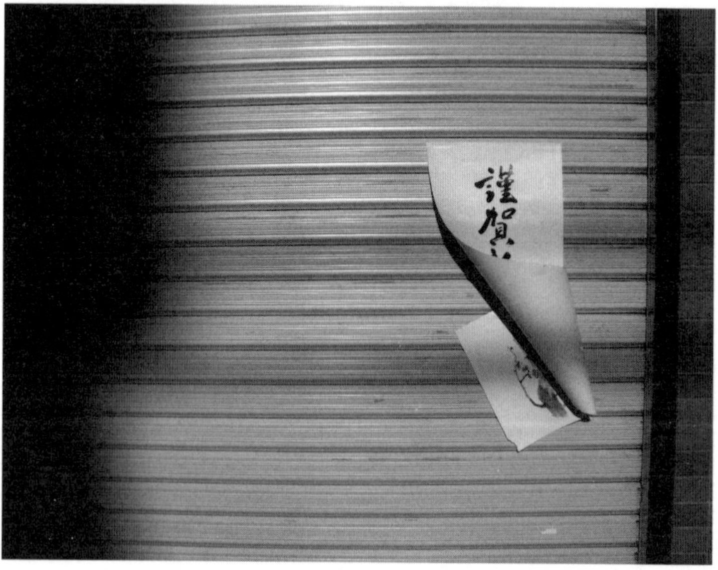
謹賀

谨贺新年

2008年1月2日上午9点,我在东京近郊国立市的街道上拍下这些照片。这条街道是国立市的闹区,在新年假期的清晨,大家都拉下了铁门。街道的尽头可以看到冬天阳光下的富士山。

我朝着富士山走,但是我越走,富士山就越消失在街道隐约的弯曲角度里。

即使如此,我仍然朝着富士山的方向走,让我的鞋子在柏油路上发出小小的声响,与偶尔的早起者擦肩。

有少数超市拉开了铁门,开始新年第一次的生意。不过,幸福的睡眠气氛还是占领着城市。

记着富士山的样子,一直走,我一路拍下了沿街店铺的每一幅"谨贺新年"。

拍着拍着,由衷地喜欢起这四个字:"谨贺新年"。

像是非常慎重、清晰又亲切地把新的笔记本交到学生的手中,并且对空旷的每一页给予适当的期待,但也充分理解错字的可能。所以,不只是祝福,而更是一种劫后余生的惕厉。

2008年,口袋里装着新的笔记本,我继续朝着消失的富士山前进。

OPEN
12:00～28:00
LUNCH TIME
12:00～15:00

OPEN 12∶00—28∶00

　　东京街头这家颜色可口的小酒吧，嫩黄色的墙壁上写着："OPEN 12∶00—28∶00"。午夜时分守候在酒吧里，想进入时间的另一面，可惜24点过了，还是1点。在路灯下走回旅馆房间，望着镜子，我还是同一个我。

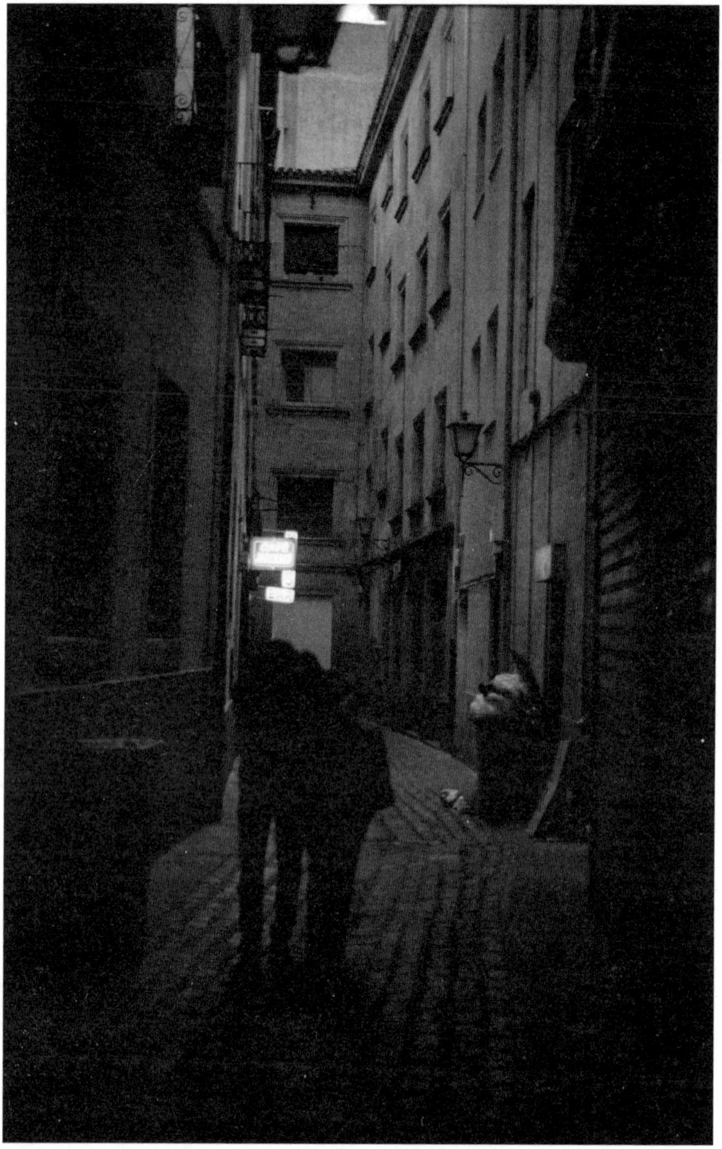

恍惚的甜蜜

　　这对恋人像连体婴似的互相依偎，歪歪倒倒地走进小巷，将暗未暗的天色下，散发出一种恍惚的甜蜜。恋人大都是这样目中无人，其实他们背后除了我，还有一整个萨拉曼卡古广场的汹涌人潮。

窗上的雾气

朋友贷居在高级住宅区,都是有历史的高级公寓,我跟着他爬上五层楼吱吱叫的古老楼梯,来到一个两人躺下就再无走路空间的小阁楼。这里原本是给仆人住的,现在租给学生与单身青年。

一进门他兴奋地说,来看,看得到巴黎铁塔。

我们站在小阳台上看着重重屋檐后,好像假的一样的巴黎塔尖发呆。啊,真的是巴黎啊!

小阁楼里五脏俱全,尚且包括了一个窄窄的淋浴间。每天早晨我们轮流洗澡,一开水,哗啦啦的声音与热气从拉门缝里跑出来,溶进原本干冷的清晨空气,淹没了整个房间。我们在仅容旋身的淋浴间里艰难地穿好全身衣服,拉开门,滴水的头发又湿又冷,互相为噪音与水汽抱歉。

早餐时间我们席地而坐,在台湾从来没有过的那样靠近。把地图摊开,房间更小了。我们辨认那些褐色与黄色的东南西北,他分析地铁路线上的鲜艳小点,神情总是那么激动,时而皱眉,时而赞叹,这耗尽他全部积蓄的梦想之城,就在这个小房间折叠、展开,然后无限放大。

不知道为什么,面对辽阔的地图,旅途末期的疲惫与无感总是悄悄降临，热烈的气氛像是投入冷房间里的热蒸气，很快地在玻璃窗上结成细细水珠。

雾气沉静，房间的线条重又清晰起来。电视晨间新闻的声音、整理棉被的声音、赤脚踏在老木头地板上的声音、开水龙头进玻璃杯的声音、漱口时喉咙里的咕噜声，硬面包、苹果和酸奶的味道，和朋友那被辜负的燃烧着的年轻眼睛溶在一起，多年后，成为浮在记忆之海里的巴黎坐标。

记忆里，那些早晨，离开小阁楼之前，我们总是沉默地看着电视里听不懂的城里大小事，然后偶尔想起什么似地望望雾气附着的玻璃窗外，朦胧的灰色天空。

巴黎的椅子

这是一群巴黎的椅子，更精确地说，是一群卢森堡公园的椅子。

这些椅子们以一副无可无不可的懒散模样，散布在广大的卢森堡公园里。旅行的最后几天，我为了这些椅子，去了两次卢森堡公园。

那时已经开始对每个城市皆配备的教堂和博物馆开始反胃，尽管巴黎还有包括卢浮宫在内那么多被规定要去的旅人场所，我仍然认为即使蒙娜丽莎的微笑，也没有这些椅子来得令我开心。

它们是这样简单温驯，像一群羊。早午餐时分，市民们带着三明治和情人来公园，随手把椅子们排成会议室，排成火车座位，排成行军床，排成三人座的沙发……好乖的椅子们任人挪来挪去，排成各种队形。人走了，留下各式各样的心情。

围起来看着情侣拥吻的好奇小孩，站在大树下一脸无辜的少年，背对着互不说话的同班同学，一整排坐在树荫下闲磕牙的老公公，排着队等进餐厅的老饕，依偎着细语的恋人……

满公园空白的椅子，无所谓地站着三七步，对着鸽子和树木诉说着他们刚刚经历过的一场午睡或一片吱喳，说完了，继续无可无不可地，等待下一个落座的行人来重排队形。

脚踏着黄沙地，手搭着另一张椅子的肩，我坐在巴黎的椅子上，在心里把所有该去的地方一个个删掉。

　　十月了，公园森林外传来隐约的车声、人声、风声。秋天充满这个城市。

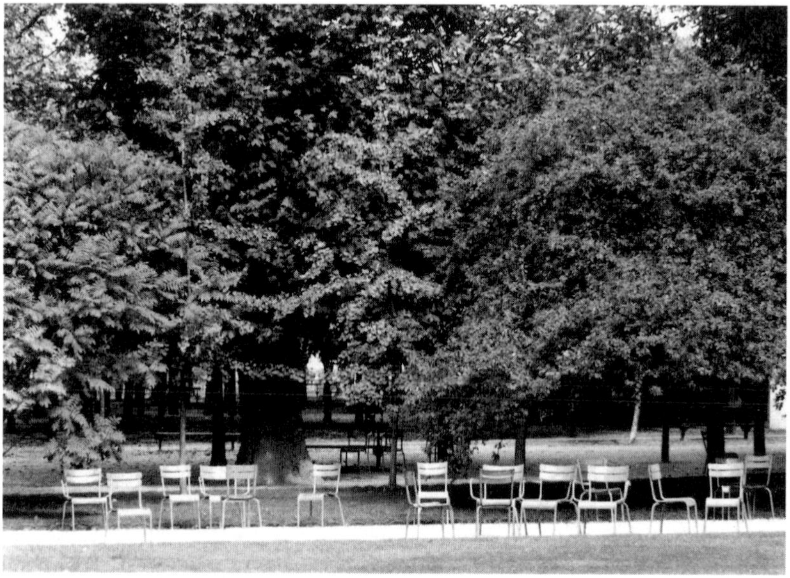

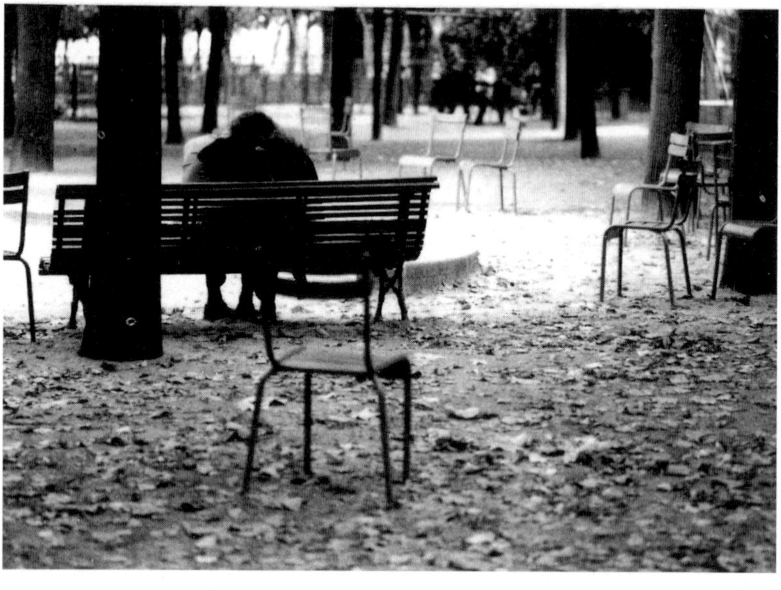

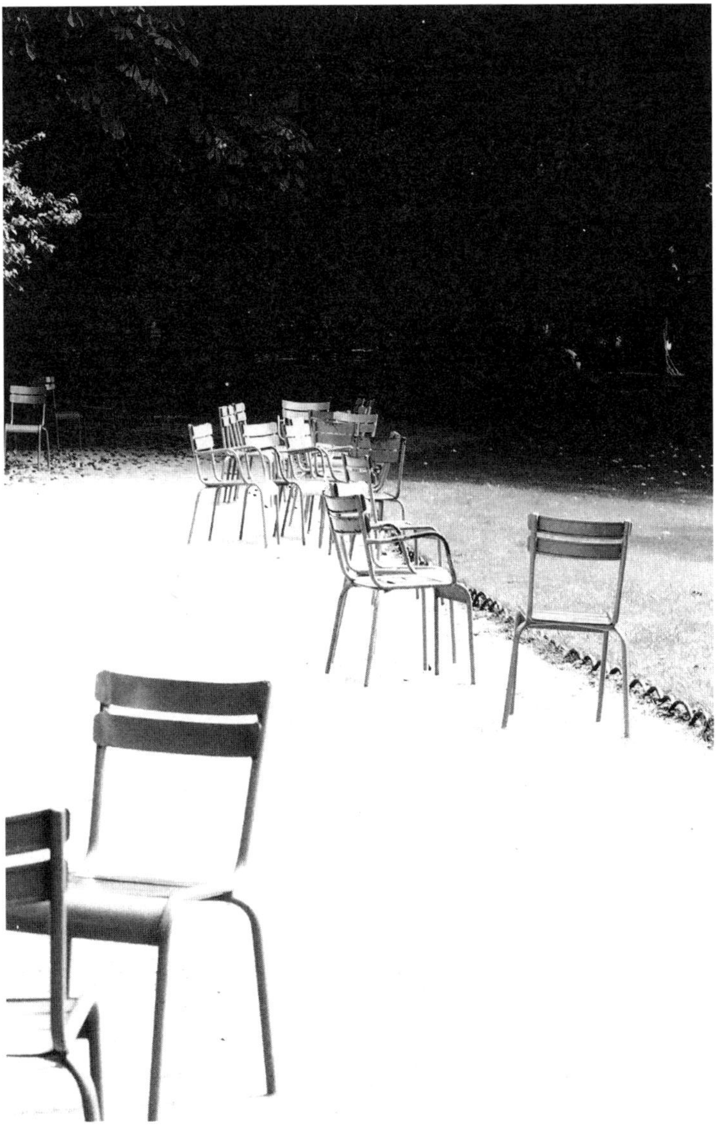

彩虹

巴塞罗那，另一个朋友家里。

一进门，朋友满屋子乱跑，喊说，相机呢？看到我们回来，又指着窗外：快看，有两道彩虹！

果然，两道又大又圆的彩虹，从天空横跨到十七楼阳台看出去的海面上，像某种谕示，不期然展示在我们面前，措手不及。

面对神迹，当然，标准动作是把相机掏出来很珍惜地按了好几张。

那天晚上，我们围坐着吃朋友烹煮的蔬菜汤，那是我第一次吃到朝鲜蓟，像装饰在圣诞树上的干松果，在嘴里却是不可思议的甜美滋味。

西班牙人十点才开始吃晚餐，要吃到至少十二点，我们一群台湾人也入境随俗，在餐桌上消磨时光。已经在巴塞罗那待了一年多的朋友说，下星期她要开始在当地的艺术学院学传统手工艺，一学期学费才五千比塞塔，折合台币才不到一千。正在大家赞叹声中，听得懂西班牙语的朋友，忽然听进了正在播报的电视新闻，跳起来说：台湾发生大地震了。

冲到电视前，画面上满是断垣残壁的景象，配上看不懂的文字，听不懂的语言……那是台湾吗？那个我生活了二十六年，十天前才第一次离开的岛屿。

一群人又冲到楼下打电话。一只孤零零的公共电话站在集合住宅前的广场上，话筒那头漫长的信号音，此生到目前为止最大的悬疑，不知道这部电话会在什么样的情况下在地球的另一面响起，又会被什么样的人接起。不远处海浪的声音沙沙，时间好像凝滞了，心跳剧烈得难受。

终于妈妈的声音在电话那头响起，难以置信的清晰声音述说着地震那一刻的种种。挂上电话，我们安心地回到公寓，继续未完的晚餐，大家都沉默了许多，只有海浪的声音依旧，仿佛为远方的岛屿叹息。我心里想，还好，西班牙的惊奇最后不是悲惨的结局。

一个月后，我在台北的冲印店里拿到那叠西班牙照片，发现那些对准了彩虹的底片，洗成照片却只剩两则朦胧难辨的黄色影子，看不出彩虹的样子。如同全世界所有试图拍下神迹的照片一样，看起来总像是一张拍坏的照片。

毕尔包

深夜里我们抵达毕尔包，西班牙最北方的工业城市，走出车站果然有种萧索空旷的味道。搭上极简设计的地铁进入市中心，光亮车厢里空无一人。

找旅馆的过程并不顺利，拉着行李走了一条街又一条街，每一家都客满了。好像也不是特别的假日，怎么会这样呢？我一边走一边想睡，一句话也不说。走了好一阵子，C 说：旅行就是这样啊，不要不高兴。我马上后悔了，后悔把气出在她身上。还好下一个街口就找到了还有空房的旅店。

来毕尔包是我的主意，为了那座著名的美术馆。我是从念建筑的同学 S 口中知道这栋神奇的建筑。那一阵子我常去 S 学校里的工作室，那一整片挂满了施工草图的铁架，桌上的奇形工具与各式未完成但充满想象力的模型，有一种奇异的吸引力。我总是听着 S 说着各种建筑流派与设计哲学，高密度的名词与术语似懂非懂，却都充满了启发性。S 口中那些著名的竞图案例里，解构主义大师弗兰克·盖里的古根汉美术馆便是经常出现的一个。

为此我特意要绕路经过这座西班牙最北的城市。

第二天，C 与我分头逛，她对炫奇的现代建筑没有我热情，而我，

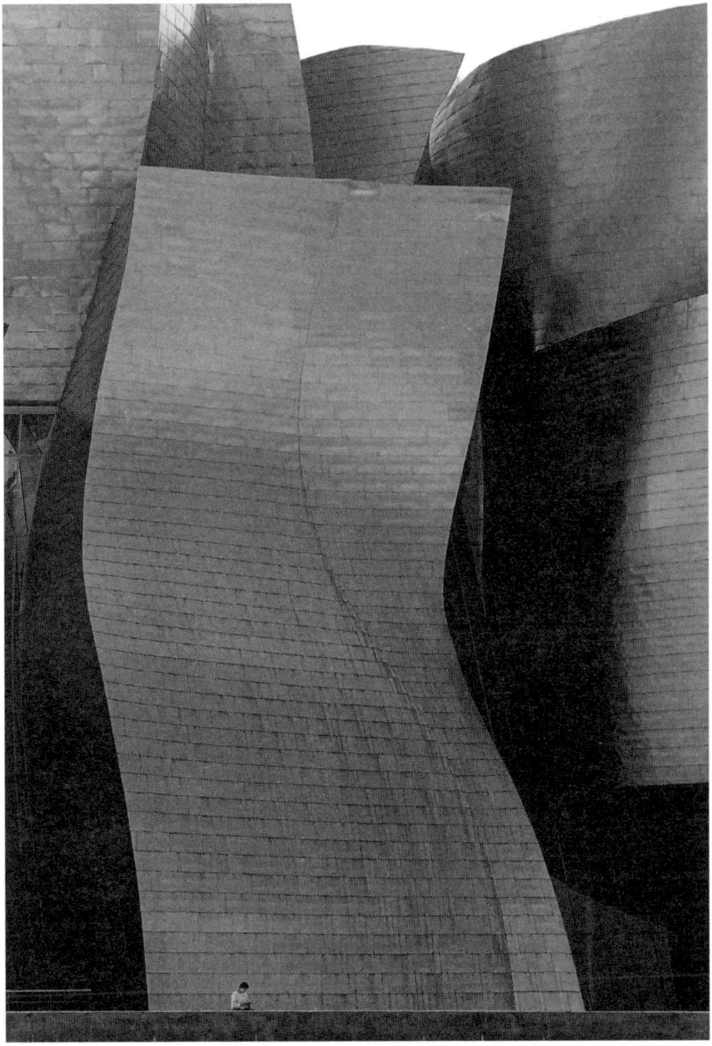

则是远远看到道路尽头仿佛外太空造物般闪闪发亮的曲线时，心情就一下子涨到最高点。

啊，真的，真的是耶，那不锈钢薄板的弧线光影，随风摆动的钛帛反射的太阳光……当我站在毫无规则可循的建筑物前，感受艺术家万马奔腾的想象力挑战心灵与感官的疆界之际，真是生命中极少数的光荣时刻之一。

当天下午我在美术馆里买了明信片寄回台湾，给那时候正在澎湖当兵的S。

后来S告诉我，他在站卫兵夜哨的时候拿到那张明信片，那从西班牙北方发射的耀眼光芒和我毫不遮掩的兴奋笔迹，让他在离岛身不由己的寒夜里几乎要发狂。

"你这混蛋。"S说。

有一天，有一天

> 这一整车熟睡的乘客,有些人总是可以神奇地自动在到站之前醒来,有些人需要朋友提醒他下车,也总是有几个人睡过了站,醒来后看见一片陌生的景色而不知所措。无论如何,在我的记忆里,总是有个小学生,坐在37路上,没有度数的眼睛映着那只消失的大鸟,长长尾巴飞过不断变幻的城市天际线。他是那么安心,那么快乐,因为他永远不用下车。

南方小羊牧场

影印一匹狼

　　每天有五万个学生涌入南阳街，每个学生每天至少要考一次试，每考一次试要用掉四张考卷，每天二十万张考卷里有五万张要经过阿东的双手……阿东不是老师，也不是教授，他是南阳街上一家影印店的店员。

　　这家没有名字的影印店藏身在防火巷里，在香鸡排和珍珠奶茶店的中间，狭窄的店里只有三台影印机，各式各样的考卷堆到了天花板，阿东就在这大小仅容一人旋身的空间里不断复制着各式各样的考卷，有手写的，有打字的；有密密麻麻的选择是非题，也有空白着一大片未知的论述题。阿东是个不太会念书的技校学生，却看过从高等会计到量子物理等人类知识所及的全部琐碎问题。当然，这些他全都不感兴趣，他只是一边听着音乐摇头晃脑，一边用肩膀和双脚打着拍子，一边双手如机械般地不停影印。他最喜欢打字清晰又没有订书针的整齐原稿，最烦恼三不五时就会发生的机器卡纸，最痛恨卡纸的时候又涌入一大堆顾客！

　　然而，有时候也会有些稿件引起他的兴趣，譬如陌生人的成绩单（他总是投以同情的眼光叹息着），譬如学生们自己做的课堂笔记（上面常常点缀着涂鸦）。这一天，一则在试卷末尾空白处出现的小东西引起了他的注意，那是一只手绘的胖胖绵羊，正趴在草地上安详地睡觉，旁边有卡通般的笔迹写着：你累了吗？在阳光下的草坪上睡一下吧！用原子笔勾勒出来的可爱云朵形状当作句点。

阿东发现，这个名为"南方小羊牧场"的小小专栏每天出现在同一家插班考试补习班的模拟考卷后面。阿东回想拿来这份考卷的人是什么模样，却想不出来。这一天他特别留意，果然，在下午三点钟出现了！那是个穿着简单T恤的女生，若有所思，眼睛亮亮的。她走到影印店的门口，把考卷拿给阿东，只说了要印两百份，阿东还来不及说话，她就转身走了。

知道了是个可爱女生的手笔后，看"南方小羊牧场"今天写了什么，就变成了阿东每天的乐趣。那只胖胖的绵羊在考卷的尾巴，一下子跳栏杆，一下子专心地吃草，一下子坐上小飞机环游地球。阿东把每天女生的表情和南方小羊的故事对照，猜想女生的心情，他收集每天的"南方小羊牧场"，贴在墙壁上，他想认识这个女生，但是每次他精心设计出来的对话，都被女生简单的回答打断。不过，几次下来，阿东也知道了这个女生是那家补习班的学生，也打工当助教，负责每天的考卷。阿东想，每天两百份考卷尾巴的"南方小羊牧场"，都没有引起学生的注意吗？看起来是没有，不然她的表情为什么总是这样的酷，看不到开心呢？

也不知道哪里来的奇想，阿东想出了一个和她对话的方式，他在这一天"南方小羊牧场"的原稿上，用自己笨拙的字迹在喝着下午茶的小羊旁边画了一只大野狼，又写上："唉，忙碌的野狼也想当悠闲的小羊啊。"阿东从小就没有画画天分，这只狼看起来实在有够丑，阿东后悔了，想把它涂掉，但是交件的时间已经到了，阿东只好眼睁睁地看着那两百份印着丑毙的大野狼的考卷被拿走了。

南方懒羊羊

另一方面，南方小羊女生（她还真的就叫作小羊），一如往常地把考卷发下去，在两百座位间传递。她已经习惯了这些学生对她的小羊毫无反应，她坐在教室的最后一排，无聊地等着一小时的考试时间过去。考试结束，考卷如潮水般哗啦啦从整间教室又涌回她的面前，学生们也如潮水般从她身边走出教室。只是，以往总是自顾自聊天打闹的学生，今天却一反常态地笑着对她说："今天画得不错喔！""我也想当小羊。""赞。"……

小羊受宠若惊，没想到她的"小羊"也有受欢迎的一天，她尴尬地傻笑，回应学生的赞美。学生散去之后，她在空荡的教室里整理考卷，这才发现，她的懒羊羊旁边多了一只丑毙的大野狼！

不只这样，还有好多个学生在大野狼旁边也写着：

唉，忙碌的野狼也想当悠闲的小羊啊
唉，忙碌的野狼也想当悠闲的小羊啊
唉，忙碌的野狼也想当悠闲的小羊啊
唉，忙碌的野狼也想当悠闲的小羊啊
唉，忙碌的野狼也想当悠闲的小羊啊
……

小羊仔细看那只大野狼的笔迹，发现那是影印出来的，她想这是谁画的？推想整个印考卷的流程，影印店的嫌疑最大！

但是小羊还不确定，她只是在每天把考卷拿去影印的时候，仔细观察那个影印店的男生，越看越觉得他可疑。那个男生总是不敢正眼看他，看到她来的时候又特别兴奋。小羊决定不动声色。没想到，每天的考卷上，大野狼就跟她的"小羊"对话了起来：小羊骑着单车，大野狼就开跑车呼啸而过；小羊写信，大野狼在旁边打手机；小羊鼓励大家要怀抱希望的时候，大野狼却戴着墨镜说：人生海海啦！

小羊和大野狼的对话持续了好几天，学生们的反应也越来越热烈。他们除了热情地向小羊表达他们对大野狼的喜爱之外，还在考卷上创造出野猪、小鸟、大象、老鼠、企鹅、北极熊等角色，你一言我一语，把宁静的"南方小羊牧场"变成闹哄哄的动物园。本来默默无名的小羊，成了学生之间的风云人物，南方小羊、大野狼和动物们的对话出现在补习班的公布栏、红茶店的门口招牌和网路BBS上，还有学生把每一天的"南方小羊牧场"搜集起来，拿到阿东的影印店来印……可是，热闹的考卷终于惊动了补习班的老师，于是小羊被叫到办公室里训了一顿。

走出办公室，小羊再也受不了了。她一路穿过人潮走到影印店的门口，把考卷往桌上重重一摔，对着阿东大吼：你到底想怎样啦！

一起飞翔在南阳街

阿东吓到了，他和小羊对视着，怕人的寂静存在两人之间，空气里只剩下影印机兀自轰隆隆的声音。隔壁的香鸡排妈妈和奶茶工头也探出头来，好奇发生了什么事。

过了好久，阿东才艰难地从嘴里吐出一句：啊……就……好玩嘛……小羊更生气了，好玩你个头啦！小羊继续说：以后我不会再来你们家影印了！她转身就走。阿东慌了，一来他可担不起失掉这个大客户被老板责骂的风险，二来他更怕从此看不到小羊了。他冲出影印店追上小羊,不断向小羊道歉。小羊只是不停生气地说着:你到底想怎样?阿东也不知道哪来的勇气,忽然就说了:我想约你去喝茶……

小羊没想到原来是这么回事,一时之间不知道怎么反应,她害羞了起来,阿东又一直追着她。小羊只想赶快甩开他,就想出了一个大难题给阿东:除非阿东把今天的"南方小羊牧场"印在南阳街每一家补习班的每一份考试卷上。

小羊暂时摆脱了阿东,她在补习班教室里心神不宁,本来她每天画着南方小羊,就是想要把自己的心情传递出去,没想到大家都注意到小羊的时候,却是因为一只不请自来的大野狼,更没想到,原来那只大野狼是想约自己去喝茶。

五点一到,学生们开始涌进南阳街,走进教室,印好的考卷也送来了。小羊好奇地翻开考卷的尾巴,她的小羊在牧场上折着纸飞机,远远的角落,大野狼也把纸飞机向小羊的方向投过去,笨拙的字迹写着:令人沮丧的六点钟,亲爱的小羊,让我们把这张纸折成飞机,一起飞在南阳街好吗?

学生们拿到考卷后开始交头接耳,同时,阿东还在影印店里不停地把今天的"南方小羊牧场"印在南阳街每一家补习班今天的考试卷上,每一家小吃店的菜单上,每一家美语中心的传单上……而这些印着"南方小羊牧场"的纸张们就这样送进了南阳街的每一个角落。

等小羊和阿东发现不对的时候,一切已经来不及了。六点钟一到,先是一个学生把考试卷折成了纸飞机从窗户射到南阳街的天空,接下来,每一个窗户里都射出了纸飞机,街上的人们也把传单折成纸飞机射出去,小吃店的顾客们也把菜单……一时之间,南阳街傍晚魔术时刻的紫色天空里,五颜六色补习招牌的灯光映照下,飞扬着数不清的纸飞机。学生们大声欢呼,老师们目瞪口呆。

去喝茶吧

阿东可惨了,每一家补习班的班主任都聚到影印店前兴师问罪,逼得影印店老板向大家道歉,并承诺会免费重新把今天所有的考卷再印一遍。阿东不敢看老板的眼神,他只是默默地不断影印,从傍晚印到深夜,印到每一家补习班都熄灭了,只剩下这个防火巷里的影印店还亮着灯,孤单地轰隆轰隆。

就在阿东快昏倒的时候,耳边传来了小羊的声音。原来小羊因为今天的事件,也被迫留在补习班里加班到现在。她带来两杯珍珠奶茶,默默地把一杯递给了阿东。

凌晨了,小羊跟阿东都没看过那么安静的南阳街,他们并肩坐在影印店的门口,咬着吸管,一句话也没说。骑楼下的小吃店都打烊了,空旷的街道上慢慢出现一台脚踏车,是个清早卖报纸的老头,帆布袋里满满塞着刚出炉的报纸。

小羊叫住卖报纸的老头,像抽签似的从帆布袋里抽出一份今天的报纸。小羊把报纸打开,就在副刊角落的小小方块,阿东看到了"南方小羊牧场":南方小羊和大野狼靠着坐在一个板凳上,它们共喝一杯饮料,旁边写着:"你永远不知道你会跟谁一起喝茶。"

原来今天是"南方小羊牧场"刊出的第一天。

天亮了,考卷也都印好了,一叠一叠的整齐考卷,将要再流进每一个教室和每一个学生的脑子里。阿东拉下铁卷门,和小羊一起往南阳街的出口走去。

走着走着,阿东说:"我可以约你去喝茶了吗?"然后,他看到小羊转过头,露出一个他一生也不会忘记的微笑,对他说:"我们刚刚不是喝过了吗?"

购物车男孩

序　曲

我第一次知道购物车男孩，是在诗人的笔下。诗人对我说，他听到一则真人真事：有一个男孩和一个女孩相约在大卖场里，结果男孩迟到了，当男孩赶到卖场里，女孩恶作剧地要男孩坐进购物车里，作为惩罚。

于是女孩推着男孩穿梭在大卖场颜色鲜艳繁多的货架之间。顾客们惊讶的眼光里，他们拿下葡萄干、海鲜、奶油、苹果、洗发精、果酱，堆在购物车里的男孩身上，那一刻，男孩和爱情都很新鲜。

我读着诗人的句子，脑海中出现卖场中令人愉快的夸张标语与明亮灯光，那些远在城市边缘，捷运到不了的空旷地带，大卖场与大卖场之间，日升日落，购物车男孩的身影从路的尽头出现，他的表情渐渐从沉浸在爱情里的梦样纯真，变成带着忧郁的青春线条，他推着一台购物车，从诗句里走向现实。或者，我其实清楚，购物车男孩，只是从甜美的诗句里走进了寂寞的诗句里。

购物车男孩

购物车男孩今年二十一岁，在一家破破的二专念工业设计，大多数的时间用来打工，在内湖一家本土大卖场。

他主要的工作是整理卖场里众多的购物车（所以我们叫他购物车男孩）。

购物车男孩把购物车们列队排好，就像个牧羊人，他穿梭在卖场外围，把所有散落的购物车们，串成一条长龙，浩浩荡荡地吆喝着穿过日光灯强力白光的大堂，当购物车们排列整齐地在应有的轨道里，就是他最快乐的时刻。那一刻，他仿佛觉得他的生活就像他希望的那样，整齐、壮观、条理分明。

但是生活总是像顾客一样，从四面八方涌过来让他的购物车们永远都在失散的状态，但是购物车男孩是不能有怨言的。他每天在卖场里找寻失散的购物车，因为购物车生来就是要被推着走，而这就是购物车男孩的工作啊。

每一天晚上，在卖场打烊后，购物车男孩都要清点购物车的数量。每一个晚上，总会少了几只顽皮的购物车，购物车男孩四处寻找，也许在卖场的某一个角落，被装满了各式商品却没有结账，也许在深夜的马路边，孤零零地等着购物车男孩来救它。总之，当男孩领回走失的购物车，一起走在无人卖场里的那一刻，他们的心情如同流行歌曲一样轻快。

然而，走失的购物车却不是永远都能被找到，有一些永远消失了的购物车，常常会出现在购物车男孩的梦里，男孩在梦里一直跑一直跑，却永远追不上逃跑的购物车，梦醒时，男孩只能深深地叹息。

这样的日子过了多久，终于这一天，男孩决定辞掉这份工作。从这一天开始，他不再是购物车的牧羊人，他考上了远方另一个城市的技术学院，还有令他期待的，远方城市的生活。

夏天的尾声，男孩把所有的家当背在身上，搭上客运离开了这个城市。坐在冷飕飕的客运座位里，他的心情有一点兴奋，也有一点茫然。头上方的小电视播放着无声的搞笑电影，男孩把头转向车窗外灰色的高速公路景色，那些车啊、矮矮的树啊、方方的房子啊、阴阴的天空啊，还有一直往后退的白色分隔线，仿佛他一直是沿着一条漫长的白色分隔线离开，而远方，是一个未知的终点，他甚至开始畏惧那个未知的目的地。

单调的车窗景色里，男孩渐渐想睡了。就在他快要进入梦乡的那一刻，蒙眬眼睛的一则印象里，他看到了一台购物车，静静停在公路边。

男孩一下子完全清醒过来，紧贴着车窗看着被速度抛在车后的购物车，真的，挂着卖场的名牌，他曾经丢失的一头羊。

男孩的确犹豫了一下，最后他还是独自站在车子不断咻咻驶过的公路边，朝着车子相反的方向慢慢前进。

当男孩推着购物车走下交流道的时候，已经接近天黑了，他在陌生的城镇里打电话给卖场的组长，说他找到了一台购物车，那些辞职时被扣掉的遗失购物车售价，是否能够还一些给他。组长说，还是要请他把购物车带回卖场，他所在的城镇，并不是卖场的货车会经过的路线。

男孩于是在路边留意经过的货车，他招了很多次手，但是没有一台车愿意停下来。男孩就这样推着购物车穿越了小镇，走进了城市。路过的人们有的问他卖场的位置，有的随手把喝过的饮料罐丢进购物车，不过大多数的人，还是对他投以奇怪的眼光。这样推着购物车走在街道上的男孩啊，不知道为什么，竟然没来由地高兴了起来。

很多年很多年之后，男孩毕了业，当了兵。距离与购物车们在一起的日子，已经很远很远。

这一天，多年后的男孩又准备离开一个城市，飞向另一个城市。一样是个阴阴的清晨，在机场的外头男孩又看见了那些失散的推车们，正以各种哀愁的表情呆立在人来人往的甬道中央。

男孩不自觉地停下了脚步。他好像想起了什么，那一下下的怔忡，在许多年、许多年之后的一个小停顿。

他也许想起了，也许没想起，在那一秒钟后，男孩还是继续着他离去的脚步，朝向一个未知的城市前进去。广播里正播报着飞往世界各地的航班资讯。

水上回光

话　语

黑暗中，K 湿润的眼睛幽幽映着远方霓虹的光。

"那天晚上，你去了哪里？"

彼时你才刚和 K 自一场剧烈狂乱的冷战中脱身，处于重新继续恋爱关系却心有不甘的、陌生而尴尬的阶段。你们把车停在堤防外的公园暗处，在暗夜里进行了疲惫如你参加过的每一场开学典礼还是某某研讨会那样漫长、空洞、乏味的性，作为确认彼此关系已被修补的某种仪式。过程中，K 一直用一种急切的声音，在你耳边探询着：你还爱我吗？有多爱？真的吗？轻声却执着地吹进你的耳朵，你用力抱紧 K 消瘦的身体，耐心地回答他：是的。我爱你。很爱。真的。然后像要让他更安心似的，也回问：你呢？你爱我吗？和以前一样爱吗？真的吗？于是 K 像受到鼓励般地也热烈地回应你：当然。爱你。一直都爱你。真的。

真的。爱你。一直都爱你。语调铿锵仿佛你们不曾离开过。你看见车窗上的雾气把河那端的灯火溶成一片银色光雾，静静而美丽，霎时间你的心中前所未有的清明，声音与话语在光影历历的车厢里回荡，一字一句清晰无比。你聆听车厢里这两个人反复使用的字眼，忽然变得陌生起来,无法掌握那个字的意义。就好像一个字被我们盯着太久会变得陌生,你研究它的声韵,揣摩它的形式,它却愈发神秘难解,意义离你越来越远。你不禁叹息,在一切刚开始的时候,你们保守着字句像是保守牌局里的底牌,深藏不露,谨慎地评估使用的时机,唯恐它见了光就烟消云散,不值一文。那个字确曾沉甸甸地存在你们之间啊,如一块坚硬有棱角的石头,分开时一个人难以负荷地沉重,拥抱时却让两个人浑身发痛。曾几何时,当谁先打破禁忌,一而再,再而三,如吸毒般,你们喜悦着话语带来的震颤,渐渐乐此不疲,然而每说一次就减损了一分神奇,终至稀释无味,非下重剂不能有反应。

真的。爱你。真的。只爱你一个。可是你们还是多么依赖着话语啊,喃喃祝念如祭祀的祷词,已经积重难返。话语超越了身体,成为恋爱的修罗场。文明的尽头,你们以话语造爱,却希冀肉体的高潮。"不要离开我,好不好?"K再一次地询问,何等哀伤的性啊。你行礼如仪:不离开你,永远不离开你。

事后,你们沉默地各自坐在前座,望着河面反射桥上夜车疾驶而过的灯光,一辆接着一辆,无声的流星。许久许久,K涩涩地开口,以一种刻意轻松的语气:你知道吗,那天晚上,我根本睡不着觉。你离去时车骑得那么快,手机也不通。你到底去了哪里?

你注意到今天晚上的月亮好圆好亮,像一盏从河里照出来的探照灯,几乎是刺眼的,你觉得很累,于是闭上了眼睛。

狗

从十三楼的窗口看出去,可以看到河的全貌。河水从西面山间分两条河道流过来,在视野的左侧汇流,拐一个大弯,向东方人口稠密处流去。河岸上现在是一片土黄，散落着枯萎的树与倾倒的篮球架，全都覆盖着泥巴。一排单杠扭曲着歪向右侧，向往行人见证曾经的灾难。灰色的堤防阻止了从地平线之外一直滋生过来的脏旧公寓群，河边有一台小小的挖土机，从高处望去，一个有气无力的玩具，挖了几个月也不见什么效果，只是便宜了散落在周围的白鹭鸶，只要等在旁边就可以不劳而获从土中翻出的食物，那副亦步亦趋的馋样，它们可能是这个万籁俱寂的下午，最兴奋活泼的一群。

你常常在昏昏欲睡的下午，来到窗口眺望这片单调的景色，让心绪暂时摆脱电脑荧幕上纷乱跳跃的光束，想象这片水泥丛林的某一角，K现在在做什么。有时候你就拿起手机拨电话给K，自己也知道是接不通的，K平常根本不是用这个号码。但你还是经常这样做，当作想念K时的一个下意识反射动作：拨号，等待，语音信箱的机器女声传来，您拨的号码现在收不到讯号⋯⋯挂上。完成这一连串的动作，好像就完成了某种仪式，想念的仪式。

有一次，习惯性的拨号竟然接通了，K的声音从那一头传来，你简直措手不及，差点把手机摔落楼底。K喂了两声，你才回过神来：是我，你在忙吗？K回说正在替狗洗澡，果然背景是一片欢快的吠声、水声，问有什么事。你能说什么？千言万语也形容不了你现在的处境，你只说：没什么，只是忽然想打个电话给你。K说他晚上再拨电话给你，你答应了，随即结束了通话。

你想起第一次遇见K，就是在那河岸上，那时河岸尚未被洪水摧毁，植着各类花木，溜冰场、散步道、篮球场，从高处鸟瞰，规律整齐得总让你联想到南美洲哪里据说是外星人在地球上画下的几何图形。深夜，你走河堤回家，沿路一整排路灯照耀着夜里无人的河滨公园，如此莹白宁静，仿佛沉睡城市的梦境，你凝望对岸，猜想万家灯火中，是否有人也在凝望着你。后来，河滨公园的人越来越多，你只有在加班到凌晨时才又见得到无人的公园，K 就是在那时出现的，他骑着一部单车，牵着一条银灰色的大狗，沿着溜冰场一圈又一圈地奔驰，月光下那只狗身上闪着朦胧的银光，长毛在夜风中飘动，就像一头梦境里的生物。

K 告诉你，那是哈士奇犬。"哈士奇是狼，不是狗。"他骄傲地说，"一旦放任它自由奔跑，它是不会回头的。"你随 K 回到他的住处，那是河堤外一片荒凉工业区的旧公寓顶楼，才踏入那建筑的昏暗甬道，就听见楼梯上隐隐传来的骚动，等到 K 把钥匙插入锁孔，门后面已经听到几声压抑不住的吠声。一进门，各色各样的哈士奇、黄金猎犬、杜宾、拉布拉多，热切地从笼子里嗅着你们，K 嘱你站在一旁，然后打开笼子，放狗们到阳台便溺。一时之间，满屋跑动着这些美丽又硕大的生物，它们难得活动筋骨，兴奋非常，见了陌生人就热情地扑上来。你没见过这等阵仗，当场被这幅超现实的景象震慑住了。狗们争先恐后地索取你的爱抚，这么多单纯毫不保留的善意使你受宠若惊，你从来不知道自己可以这样地被渴求着。K 说这些狗都是顶级名犬，是他的儿子，也是衣食父母。他命令狗们回到笼子，把水和食物放进狗盆，喧闹的房子顿时安静下来。K 领你到他的房间，让你看墙上桌上许许多多的奖杯奖章，然后，在洋溢着狗们进食的满足气氛里，吻了你。你们在昏暗的房间里激烈做爱，你注意到 K 的眼睛如犬只般清澈而渴望，你感到非常幸福。

事实是，在那之后，你们再也不曾回到那奇妙的房间做爱，K 的眼睛清澈依旧，告诉你其实那屋里还住着另一个人，是他的妻，那天她出国去所以不在家里，你们就是在他与她每夜共眠的床上做爱，K 在说这些话的时候，表情就像他养的那些美丽的狗一样无辜。他或许还解释了什么，誓言了什么，恳求了什么，絮絮叨叨，过耳即忘，只记得当泪水滑出他湿润的眼睛，画过脸颊闪烁如河面上的城市倒影，你看见自己的影子映在他的眼泪上，不忍心，只好吻了他。

这一切真是老套得像哪出众人骂的电视单元剧，然而每个人都在看，你也已经到了可以理解老套的年纪。你望着百万人口寄居其中的城市，在无风的下午寂静无声。灰色的天空，灰色的楼房，黄泥淤积的河岸上，小小的挖土机正发出与其体积不相称的单调噪音，在这许多人静静消耗生命的光阴里，提供一个聊胜于无的注脚。

河岸

你感觉得到，有物体在移动着，踩在草地上发出轻微的沙沙声，是摸索还是漫步，就在你的身旁。你留神倾听，听出它们不止一个，而是一群，默默交换着讯息的团体，边走边嗅，互相摩挲。慢慢地，眼睛适应了黑暗，原本黑成一团的夜，逐渐分出了层次，你辨识出那些比夜晚更深浓的移动形体，是一群大大小小十几只的野狗。

河边风大，这些瘦伶伶的野狗成群结队地聚在这河滨公园，想来不是为了觅食吧。你觉得自己像是闯进了异族的秘密集会，瘸腿的，掉毛的，断尾的狗们，从城市里各个角落走出来，也许是被驱逐，也许是迷路，又或者世世代代就在野地里出生，此刻聚集到这荒凉的河岸上，是为了什么呢？你忽然想，这片河岸可能是彼族朝思暮想之圣地吧。就像你，在眼前街景都狂乱飞舞，冲过每一个路口时都准备好接受终结生命的猛烈撞击的极速狂飙后，夜风清醒神智时，眼前出现的，还是这片K与狗曾经奔跑其上的河岸，你期待的是什么？

是自由吗？K豢养的那些美丽而高贵的狗们，在公寓铁笼里整日幻想的，就是这广阔无边的河岸吧。每当主人的气息从楼下传上来，它们就兴奋得坐立难安，巴望着等一下或许就可以带我到那可爱的河滨畅快地奔跑，如此单纯的心愿。

你想起有一次你随 K 到一个客户家中，这家伙空着一层公寓，专门拿来养狗。

他出国时，就托 K 每两三天帮他喂一次狗。你们驶离市区，一路开到市郊的山上某某名人社区，满山坡插着晶光闪烁的摩天大楼，坡度陡峭好让此地住户名贵的车可以派上用场。车子一路上升，你注意到有许多窗户都是暗着的，K 说是前几次台风土石流后住户纷纷搬离之故，你们把车停在一排新建好的七层楼住宅前，未进门就先闻到恶臭。一开灯，你看见客厅一个大笼子里，关着两只好漂亮的黄金猎犬，见了你们皆高兴地满笼子绕跑，久未有人清理之故，脚下积着粪便，想必也是饥饿难耐。你帮 K 替它们清洗干净，放上足够三日的食物与水，尽可能地大力抚摸它的额头与背，它闪亮而血统高贵的大眼睛里，透出可以融化人的温柔，那是何等全心全意的盼望啊。然而，没多久，你们就得离开了。你们关了灯，锁上门，把那两只美丽的生物留在黑暗之中。你抢先一步快步下楼，发动车子，三步并作两步，生怕会听见那屋子里会传来的哀鸣，那会使你禁不住地颤抖起来……

"那天晚上，你去了哪里？"

K 的眼睛在黑暗里闪着柔和的光，那一刻，你看见自己的眼睛也一样散发着光，那是一片河面上的回光，再怎么丑陋的城市倒映其中，也会变得甜美梦幻。此时此刻，你终于了解，如同 K 与狗们互相豢养，温柔地禁锢了对方，你们也已豢养了彼此，等待对方就像等待寂静阒黑的漫长时间里的一道光，一声轻响，门锁弹开的声音。不管进来的是谁，你都将投以毫无保留的信赖与爱意。

37路通往童年

1980年，我开始长达五年的37路公车旅程。因为家刚搬到了山边，爸爸的皮箱店还在新兴的忠孝东路四段，于是每天放学，要从零落荒凉的吴兴街底总站，一路搭到东区。上车时艳黄的斜阳，下车已经变成深紫的晚霞。我在仁爱路下车，走九如商号旁边的巷子到忠孝东路。途中有一幢荒废的别墅，深锁的庭院草木异常旺盛，屋顶上长满浓密的荆棘，黄昏时，成群鸟雀盘旋其上，鸣声震天，十分惊人。我一直记得在那些大小不一的禽类剪影中，有一只特别巨大，拖着长长的尾巴，飞翔在天光即将收尽的魔术时刻里。

我初中时，那栋别墅拆掉了，每次看到原地盖起的新大楼，我都在想那只大鸟现在不知到哪里去了。

1980年的公车是银灰色的，装着很难拉开的铝框玻璃窗、破旧的蓝色人造皮座椅，椅背后总是被人用签字笔（那时候还没有立可白）写满了字。八十元一张的十格厚纸卡学生票，永远都在只剪了几格后不见，只好不停地再买一张；到了二年级，学生票涨成十元，我就不买车票，直接投硬币了。我妈每天早上都要塞好几个铜板给我，两趟车二十元，加上零用钱，口袋从此变得沉甸甸的。虽然如此，不知为何却总还是有冲上了车却发现没有零钱的时候，只好面红耳赤地向陌生人借钱。

三年级开始,高大的白色新公车出现了。厚厚的米色高背座椅(不久后也写满了字),黑色的握杆,车厢里飘浮着令人头晕的塑胶味。车窗是一大片密闭的褐色玻璃。天气晴朗的日子,我特别喜欢在冷气超强的车里看窗外被染成浅褐色的盛夏城市,白炽的阳光被滤成温暖的金黄色铺在身上,是一种宜人的温度。很多年以后才知道,那样的景色很像电影底片的质感,都有一种恍惚的不真实感,像记忆,遥远而迷人。

四年级,我们家失去了爸爸。妈妈为了做生意方便,举家从吴兴街底搬回忠孝东路。来不及转学,我仍然每天继续着37路的旅行,只是起点改成了巨大的仁爱医院底下。以前在山脚下走过池塘与森林的上学路,变成了一片灰色冷峻的城市风景。那条连着忠孝东路与仁爱路的巷子,清晨时默默走着许多背着日本真皮书包的私立小学学生,我走在那些光亮贵气的脸孔与黑色奔驰车之间,总是加快了脚步,希望快点走到站牌;到了站牌后又希望37路快来,快点把我载回那个金黄色与鲜绿色的世界。

十岁的我一心一意只想保守父亲去世的秘密,以为只要别人都不知道,我的世界就不会改变。我努力留住在37路彼端的童年,我的级任导师却冷不防地在班会上告诉全班同学父亲的死讯,并一脸哀戚地要大家为我加油。那一刻全班同学都转过头同情地看着我,我难堪极了,恨不得变成隐形人。那天放学,一群同学陪我走到公车站牌,那条路真长,我又开始在心里面希望37路快来,快来带我离开这种无处可躲的悲伤。

37路总是会来的,那轰轰的引擎声比下课钟声更令人愉快,我迫不及待地上车,向同学们挥手道别,当车开得越来越远,我的心情也变得宁静。坐在昏黄夕阳充满的车厢里,看着电影画面般的窗外风景缓缓流过,风景里各种不同面孔的人们,在街道上行走,在商店里购物,在自己家里隔着两层窗户和车上的我对望。城市里有那么多、那么多的人,不知道他们的生活是快乐的,还是难过的,只是透过褐色车窗,无声的远远的他们,看起来都是那么好看,那么令人安心,令人感到万事美好,没有遗憾。

六年级,我转学到东区的小学,结束了每日37路的旅行。开学时夏秋交际的金色夕阳里,我在放学后的安和路上,走在我熟悉的和陌生的电影街景里,移动眼睛的焦距,看见自己的脸孔出现在路旁驶过的37路车窗倒影。我忽然知道自己对37路的依恋,原来是对童年的依恋。因为不管旅程的起站终站如何改变,只要一下车,就是令人无从躲避的现实,而只有在车上,在摇摇晃晃的塑胶皮座位里,不论是没写完的功课、炎热的夏天、倾盆大雨或不可挽回的死亡,一切都必须等待,等待这一趟车的时间,等待天色从艳黄变成深紫,从微凉转为白炽。

我想象着自己还是坐在37路上,和80年代的乘客们一起望着电影胶卷般的窗外城市,松懈而舒畅。那么多年来,37路还是走着一样的路线,二十年前经过信义路四段和基隆路时,车上的乘客们绝对想象不到那一整片据说是兵营,看起来长满杂草与未完成建筑物的大工地(大荒地),几年后会长出"台北市政府"大楼、华纳威秀、台北101……我们只是傻傻看着车窗外奔跑着的电影城市,那里有高高的蓝天、瘦瘦的行道树、装饰着白铁椅的马路,或许还有一首凤飞飞的《流水年华》。

在行车的节奏里,小学生的我就像后来看了许多电影的我一样,常常在电影中途睡着了。睡梦中,银幕上不知道过了多少年,发生了多少事，有多少的欢笑与眼泪，我们都不知道。这一整车熟睡的乘客，有些人总是可以神奇地自动在到站之前醒来，有些人需要朋友提醒他下车，也总是有几个人睡过了站，醒来后看见一片陌生的景色而不知所措。无论如何，在我的记忆里，总是有个小学生，坐在 37 路上，没有度数的眼睛映着那只消失的大鸟，长长尾巴飞过不断变幻的城市天际线。他是那么安心，那么快乐，因为他永远不用下车。

东区旧事

1975年，忠孝东路四段一带还有些稻田，我爸告别他年轻时的理想，在112号，现已改为G2000的商场租了一个小摊位，卖一些皮件与饰品，店名取作"噜噜"。那时候的饰品店流行取这种叠字名，如"麦麦""薇薇"等。那年我三岁，我们家住在忠孝东路三段的巷子里，我每天早晨去的幼儿园前的平交道，就是现在的市民大道。

"噜噜"的生意很好，我爸于是在对面的75号，也就是现在淘儿唱片行所在的香槟大厦二楼租了第二个摊位，没多久，又在130号，现在是Body Shop楼上的龙门购物中心租了第三个摊位。龙门的店是两个单位连在一起的，就在商场入口处。我家里还留有一张照片，我爸穿着浅咖啡色西装、大翻领衬衫、喇叭裤，歪着头微笑，背景是挂满各式各样皮包的店面。

生意顺利，我爸又租了第四个店面，这次在120号，现在是欧客咖啡的忠孝商场1、2号摊位，而且还在板桥开了工厂，在市郊买了房子。我妈说，我爸从设计、打模、车工、业务、签契约……都可以自己来，走在路上看到人家背个进口包包很时髦，回家就可以凭匆匆两眼的印象做出一样的皮包。有一段时间，台北满街晃着我爸设计的包包。

我爸忙着他的时尚事业，我则与附近的小孩结成帮派，我们的领土就在龙门与爱群大厦之间的广场，从它还是一片停车场混到它变成有好多个喷水池的公园。此外，龙门楼上卖星星小孩橡皮擦的日本小店、爱群商场代客录音的唱片摊、一品大厦地下室的八角形游泳池、仁爱保龄球馆、楼顶闪着霓虹招牌的东王西餐厅，也是每日必巡视之地。我们且亲眼目睹好多明星，还记得有一次发现张小燕从委托行走出来，我们在骑楼旁猛地大喊："张小燕！"只见她面无表情地离去。

我爸的好运一直走到他在大安路底（微风广场后面，现在是一家便利商店）开了第二间工厂为止，做出来的皮包太前卫，不畅销，终于导致周转不灵，结束了工厂，店面也只留下忠孝商场的摊位。1983年我爸得癌症之前，在忠孝商场的店生意仍然很好，他本来还打算租下126号——目前是在卖进口瓷器的店面。

我爸去世后，我妈自己要打理店面，她首先去学开车，好继续用我爸那部宝蓝色福特跑天下，不料她刚拿到驾照第一次上路，就在回家的山路上撞到人，赔了5万元医药费。她从此不敢开车，只好把车子卖了。一年后，1984年，我们从山上的新家又搬回忠孝东路112号楼上一间租来的小公寓。搬家前，我坐在爱群地下室长长阶梯底的书摊翻故事书，任凭同伴们在楼梯头怎么呼唤我都不理，我再也没和他们说过一句话。

小公寓狭窄的阳台上可以把顶好广场一览无遗，可是我们很少到这个噪音与灰尘齐飞的阳台，而且有很长一段时间，从这里看出去只有停着吊车的捷运工地。我的青春期有大半是守在忠孝商场临街的店铺里，眼看着台北走入交通黑暗期，顶好广场被深蓝色的铁板围起来，剩一条细长泥泞的人行道。雨天，我们把麦芝西柏雨伞搬到积水的骑楼叫卖，污水顺着木船西餐厅海盗人头招牌的脸庞滴下来；炎天，车水马龙蒸起氤氲重重，风刮起尘土涌进我们的家里与店里，把所有货物都蒙上厚灰。

直到板南线通车，这里渐渐变回全台湾最繁华的"东区"。我们的生意却一路走低，店面从两个单位变成一个单位，后来又迁到地下室，去年终于关店了，我们也开始准备搬家。

丢掉20年没换过的家具、电器，还有好几大箱我爸以前买的外国旧杂志。我把要带走的旧资料装箱，里面包括我爸十八岁在嘉义开画展的纪念照、我妈的学士照、书信，几幅颜色已经模糊的油画，还有我爸二十五岁开卡通公司的营业执照和剪报，上面写着"台湾产卡通片，试映极成功，表现独有风格，不带东洋西洋色彩"，日期是1973年7月20日，星期四。

2003年5月，一个晴朗的早晨，我们拆下小公寓的门牌，关上电源瓦斯，留下满室汹涌的车声与灰尘，乘着搬家公司的卡车，就这样离开了东区。

Seiko

我每日必定在夜深人静错过肝脏最佳休眠时间终于下决心关机的前一秒想起来：到视频网站 X 上绕绕吧，看看今天有没有新的剪辑，Seiko 的视频剪辑。

关键词：Seiko、圣子、松田圣子，键入后选择依档案新增日期排列，排在最上面的是今日新增。于是那些不知又从谁的硬盘里放生出来，未发行只在富士电视放送的 1984 年 FANTASTIC FLY 公演、1985 年 Sony Hit bit 文字处理机广告、1980 年《裸足の季节》发售当日东京街头造势等等，传说中的 Seiko 名场面，只需按下播放键便——复活在 15×12 厘米的窗口里，栩栩如生得令人想哭。这一刻，我照例要在心里对已经消失在地球上的初中同学 C 说一句：真想不到啊，竟然有这一天……

是啊，真想不到，哪像以前我们总在放学经过的电器行前，巴巴地守候着橱窗里播放着 NHK 频道的展示电视，会不会偶然出现 Seiko 一个画面；或者在家附近的录像带店里搜寻积着灰尘的《夜之摄影棚》、"红白歌唱大赛"录像带，第二天各自神秘兮兮地从书包里拿出来，交换毒品似的交换那些我们仅能看到的 Seiko。

那时候怎么想得到会有这一天，所有 Seiko 出现的时刻：电视的、电影的、广告的、演唱会的、记者会的以及签名、发表、见面、加油会的，远超过我们当年从进口杂志上努力搜集到的 Seiko 知识，现在全部被装在一支支管子里大量流出，漂浮在互联网之海。只要我几个按键，便能召唤回所有的 Seiko 时刻。

如果早知道有这一天，C，我想你可能会大大打消从地球上消失的念头吧。我总是一面忙着另存，一面好感慨地这样想着。

寂寞的场所

我骑着车在空旷的信义路三段上,整条街的招牌几乎都熄灭了,夜里的空气凉凉的,青白色的路灯打在椰子树和柏油路上,耳边只剩下老摩托车喘息的声音。我以时速十五公里的速度来来回回好几次,再三确认那些仅存着的灯光,终于辨认出,上星期还亮着灯的那家"巴塞罗那"MTV,已经关门大吉了。拉下的深灰色铁门上,没有写任何字,门前两根柱子上的电影海报,已经没有灯光投在上面了。

我站在铁门前,不知道接下来该到哪里去。我当然知道西门町那里还有几家MTV,电影院和咖啡厅也都开着,再不然,这城市里那么多家干净明亮的便利商店,相信一定会在前方的巷子里等待。可是,现在,一如昨天前天或大前天那么寻常的夜里,重新确认自己除了食欲性欲之外再无其他生趣的时刻,我再一次陷入无处可去的沮丧。

于是,和所有陷入紧急情况里的人一样,我开始往手机里寻找可以拨出的号码。电话通了,哗哗哗的电话另一头,号码L问:

"你为什么要一个人去看MTV?"

L对电影没有特别的热情,不管是多么期待的电影,若找不到人一起去看,就可以干脆不去。对他来说,电影院是社交的场合,MTV是宾馆的代用品。年轻的时候,他是西门町"疯马"的常客,因为泡马子经常约在西门町之故。溜冰太老土,喝咖啡没搞头,L 和女孩们最理想的去处,还是 MTV。那是在 80 年代末期,MTV 开始兴盛的时候,虽然法令规定 MTV 包厢的门不可反锁,门上需有透明玻璃让服务生可看到包厢里的状况。可是说真的,影片开始,灯光一暗,谁真的站在走道上贴住那方小玻璃窗往里看?一定会被当成变态吧。L 办了疯马的 VIP 卡,把"疯马"当成私人招待所,他每次去都选汤姆·克鲁斯的《壮志凌云》,在"Take my breath away…"的歌声里,女孩终于让他把手伸进她的内裤,接下来,和十几年后的现在一样,女孩的面孔和电影的内容,L 是一样也不记得了。

疯马现在还勇健活着,把《壮志凌云》改成《黑客帝国》,大家还是做着一样的事。但是另一家我更熟悉的"太阳系"却倒闭了近十年。"太阳系"是我那个年代许多台北文艺青年的共同回忆,那时候有很多 MTV 是以丰富的艺术电影收藏闻名,除了"太阳系",还有南京东路上的"影庐"。不过"太阳系"还结合了 90 年代赫赫有名的电影杂志《影响》,因此更成了圣地一般的时髦场所。

另一个号码:S,他说他曾经在"太阳系"熬夜连看三部电影,乍听之下还以为是另一个电影青年话当年的疯狂往事,但他接下来说,那个晚上是因为父母争吵,他带着弟弟离家出走,走出熟悉的巷子口后,两人便不知道往哪去了,最后 S 领着弟弟躲到"太阳系"里窝了一整夜。多年后已经忘记是《走出非洲》《末路狂花》还是《莫负当年情》,黑暗的小房间里,一片接着一片,换面再换面,弟弟倦极睡着了,S 则是望着从天花板垂降下来的大银幕,一夜不能成眠,是梅丽尔·斯特里普、吉娜·戴维斯还是贝特·迈德尔,在记忆里都是感伤的面孔。那样的一个场景,比后来我听到任何对"太阳系"的怀念都来得真实。

L、S，或其他号码，不管为了什么，在不知道往哪里去的时候，至少都有个同伴一起躲在MTV包厢里，和他们比起来，我的MTV经验就显得相当无聊：我向来都是一个人，而且还真的是为了看电影而去MTV的。

　　中学的时候，我得帮忙家里看店做生意，平常的日子也罢，到了假日，常常看着骑楼外湛蓝的天空心生怨叹，觉得其他人都可以在这样的大好时光里去做有意义的事，只有我被锁在这家皮箱店里，卖皮箱给要去纽约、巴黎还是东京留学或旅行的人们。

　　这样的日子里，每天只有下午三点到七点之间可以离开，扣掉必须回家吃饭的时间，我大约只有两个小时的时间可以去开创我的人生意义，两个小时可以做什么有效率的填满意义的事？最简单速食的方式就是看一场电影。只要有一部电影，这毫无意义的一天就可以附着其上，与昨天和前天分别开来，稍微拯救我无聊平庸的人生。

　　两个小时，刚刚好够从顶好市场附近我家开的皮箱店这边，跑到统领百货楼上的"忠孝戏院"，赶下午三点到五点的那一场电影。可是电影的长度会变，我可以掌握的空档也会变，两个变项产生的误差，让我常常无法在两小时里达成抢救平庸人生的任务。还好，自从MTV出现后，电影开演的时间可以由我掌握，因此，东区一带的MTV，就成了1988到1989中学毕业前，每天下午三点到五点之间，我经常流连的地方。

　　我想，会觉得电影很重要的人，大概都是因为生活太无聊吧。当我开始像集邮似的仔细记录每天看的电影的青春期，还没有意识到这一点。由于看一场电影除了挺花钱，但是比起其他耗费力气的人生实践来说，实在是太轻易太方便了。我于是越来越成瘾似的往台北市各处如雨后春笋般冒出的MTV跑。那一阵子，也不知道为什么有那么多钱，一部片一百八十元，一个星期竟然可以看到三四次之多，我的皮夹厚厚的，塞满了各家 MTV 的会员卡：忠孝东路的"快乐时光"、复兴南路的"吸引力"、南京东路的"影庐"、西门町的"疯马"、重庆南路的"北极光"、信义路的"太阳系"……我的 MTV 偶像从迈克尔·J. 福克斯换成让·雨果·安格拉德，再换成伍迪·艾伦。我自以为是地以为越往艰涩的电影里去，我的人生就越没有白费，电影变成我的人生，但是我的人生从来没有变成电影。

我还记得在台大新生南路侧门对面麦当劳楼上的"都市空间"，那是社团的学长姐们口耳相传的神秘场所。我按图索骥寻了去，那地方原来是一家制作贩卖社团制服的公司，利用公司仓库里隔了几个小间，小的仅供一人旋身，大的可以容纳五六人一起观赏。公司柜台上有几本目录，顾客需先办会员证，然后在目录里挑选影片，再由服务员（也就是制服公司的员工）带到设置简单电视机及录影机的小间里播放。

我犹豫了很久，终于挑了久闻大名的帕索里尼名作《索多玛120天》。1990 年某个春天下午，在一间拥挤还堆着衣服货物的房间，一个希望自己的人生像传说中的禁忌经典一样既深奥又色情的十六岁男生，对着一台黯淡的电视荧幕，上面播放着来来去去因播放次数频繁而掉色，几乎变成黑白片的裸体们。两个小时过去，我在录影带播映完毕的沙沙声中瞌睡醒来，小房间里下透着新生南路上传来的寥落车声与下午时分无色彩的天光。我取出录影带，走出房间，走回天光朗朗的街头，懵懂地以为就算我睡掉了一整部《索多玛120天》，我的人生还是比两个小时前，更有意义了一些。

两个小时过去，二十个小时过去，两万个小时过去，我不再在笔记本上记录每一天看到的电影，也终于可以理解人生与电影的差别，理解躲进MTV包厢里的我，究竟是在渴求意义还是逃避自己的人生，又或者，只是把MTV包厢当成从小就希望能有一个自己的房间而不可得的替代品。

然而我仍然迷恋着电影结束后，从黑暗里走回到现实人生的那几分钟。在那几分钟里，残留在心中的音乐与颜色，足以克服人生中的任何无意义。那是十五年前在"快乐时光"看完《灯红酒绿》，以为自己独自走在纽约夜街上，青春与惆怅混合的那几分钟；是十年前在"太阳系"看完《纽约，纽约》，滂沱大雨中，压抑不住心里的激动，一路奔跑与唱歌，回到家全身湿透把母亲吓到的那几分钟，也是两年前在"巴塞罗那"刚看完《闪灵》，发着抖扶着墙壁走出来，心中的彷徨与焦躁都被恐惧洗涤干净的那几分钟。

深夜的铁门前，现实人生和电影的不同再明白不过。我也知道总有一天，全台北的MTV都会消失殆尽。只是现在，当我翻找遍手机里ABCDEF所有号码却一通也没拨出去的时刻，我真的需要那些小房间和那里特有的清洁剂香味，我需要黑色人造皮沙发、毯面墙壁和细圆柱玻璃杯装的甜腻冰红茶。这一生是那么那么长啊，只有二十四小时自动取款机的小招牌亮在骑楼的尽头。

只是，在望不到尽头的无聊人生里，我需要那两个小时与两个小时后的那几分钟。只有在那几分钟里，我的人生与电影没有分别。

那天下午的草坪

"阳明山美军宿舍即将拆除"。

2006年夏天,报纸上的这则新闻标题吸引了我的注意。那是一个中午,我穿戴整齐准备出门,准备参加下午的一个颁奖典礼。在那两个星期间,我接获通知,我投稿的一篇记忆童年的文章,获得了一个旅行文学奖。

在前往颁奖典礼现场的公车上,我还在一直想着那则标题,因为我想起来,好多年前,某一个有阳光的日子,我曾经在阳明山美军宿舍的草坪上,坐了一个下午。

那是一个下午吗……抑或是一个早晨?

记忆隔着长长时间,显得模棱两可。如果是早晨,草坪应该是湿漉漉的,让人无法那样放心舒服地躺在上面;如果是早晨,阳光不会那样的朦胧而温暖,让人可以放心地昏昏欲睡;如果是早晨,那高旷晴朗的天空、闪耀在树梢草尖的点点金光……我在前往颁奖典礼的路上,努力追溯记忆中残存的光影片段,推理出那应该是一个下午。

那天下午,不知道为什么家里的皮箱店没有营业,妈妈带着我和妹妹转了几趟公车,乘着颠簸又拥挤的260公车一路上阳明山。下了车,妈妈很高兴地说,这是她少女时代每天经过的街道,那雕梁画栋古典中国式的建筑群,便是她每天上课的地方,"早晨,推开宿舍的窗,浓浓的雾气就这样涌进了房间",妈妈这样对我们说。

阳光很好,空气很清新,妈妈带着我们走进两旁皆是美式白木屋和宽阔庭院的巷道,来到一片绿油油的草坪,草坪的尽头是悬崖,越过那悬崖,可以看到对面大屯山的山腰上,林荫掩映间,一台台火柴盒似的汽车缓缓开过。

妈妈一屁股坐了下来,然后叫我们也一起坐着。我们坐在草地上,看着蓝蓝的天空、白色的云朵,对面山腰慢慢的小汽车……一切好宁静,好优雅,好无忧无虑。在那天之前,我们刚经历了爸爸癌症过世,妈妈必须一个人扛下养家的重担,就在远方视野尽头的山下,无从躲避的现实还等在那里。但是现在,在这片妈妈少女记忆中的美式整洁草坪上,她静静坐着,很久很久,我们像走进了万事美好的美国广告里,脱离了带给我们悲伤的现实。

忘了是多久之后,我们仍坐着摇摇晃晃的260公车下山,一路上妈妈没有说话,只是看着窗外。我们回到了家,从此没有再去过那片草坪。

那一个谜样的下午,被多年后的报纸标题唤醒,我记起那美军宿舍的草坪,记忆中短暂甜美的超现实,以及妈妈看着远方的神情。于是,在那个颁奖典礼上,我唐突地向台下的领导请求,可不可以保留阳明山上的美军宿舍。"记忆是无可取代的。"我任性地这么说。

没有想到,这个小小的发言,在第二天的报纸上变成市政版的显著标题:"旅行文学奖得主为美军宿舍请命"。接着,我收到了一封陌生的email,那是来自阳明山美军宿舍保留运动的义工朋友们,他们在报上看到了新闻,想邀请我到美军宿舍一趟。Email里他们说想为美军宿舍拍一部纪录片。

于是，在那个谜样下午的二十年后，我再次踏进了那片阳明山上的美军宿舍区。我惊讶地发现，那种惑人的超现实景观依旧，只是在岁月的侵袭下，有几栋宿舍已经杂草丛生，形同废墟。可爱的义工朋友们带我走进其中一栋宿舍里，那真是如好莱坞电影场景般的标准美式家屋，有壁炉，有大片落地玻璃窗，空间宽大、开放式厨房、绿草如茵的庭院。在这个梦幻般的场景中，我认识了美军宿舍保留运动这两年来的种种过程，他们热心地说着：目前已经有部分建筑获得保留，但他们还在为全区保留继续努力。

但是，此时我脑中出现的画面，却是成长过程中所有与美国有关的记忆，福利面包店的糖果、中山北路晴光市场的老咖啡厅、50年代的美援面粉袋，60年代放映美国实验电影的南海路美新处、70年代的美军俱乐部，告示牌排行榜流行歌曲成为大学生最爱，"来来来，来台大；去去去，去美国"的留学热，一直到80、90年代，我们身边仍围绕着麦当劳、好莱坞、可口可乐……

在记忆之外，现实中的美军宿舍其实是战争的产物，而这曾经令童年的我目眩神迷，完全复制自美国本土建筑样式的超现实住宅区，随着战争的蔓延，除了出现在阳明山，也一模一样地出现在韩国首尔、菲律宾马尼拉、越南胡志明市……

我不禁想到，在已经逝去的时光里，在韩国、菲律宾、越南……是不是也有和台北阳明山二十年前的那个下午一样的母亲与孩子，将他们现实生活中的贫穷与伤痛，寄托在这如诗如画的美好美式住宅区景色中？又或者，在不同国家的不同角落，"美国"这个符号正附着在各种物质文明之上，安慰着不同的非美国人的心灵？

"美国"，何其美好的幻象，何其残酷的现实，何其伤感的记忆。

于是，我从脑海中的旅行归来，告别了热心的义工朋友们。在依旧颠簸着下山的 260 路公交上，我真的开始想象一部纪录片，但那不是一部单纯鼓吹保存阳明山美军宿舍的纪录片，而是一部从我的记忆出发，从台湾的记忆出发，朝向美国，抵达那个被反复歌颂的乌有之乡，裸眼直视那"超现实"的素颜，并以此印证、对照在我们成长的这个岛屿上，被幻象烙印下的各种痕迹。而这一切一切，都将回归到二十年前那天下午的闪亮草坪，在那片永远鲜绿到宛如梦幻的草坪上，那个孤单的妈妈和她的两个孩子，正静静地坐在那里，尽管现实里有太多辛酸与寂寞，但是从背后看过去，却是如此温馨美丽，好像一幅美国麦片广告中的图画。

我的 747

我的 747

747 很小，很黑；747 的头得用铁丝绑住，不然就会解体。747 跑步的时候，会惊醒住在马路边的每一个人。747 常常傻站在艳阳下、暴雨下、狂风中，百无聊赖地等待着不知何时出现的主人，面对着吵吵闹闹的街道、不怀好意的警察与一片阒黑的防火巷发呆。747 已经八岁了，它是一部山叶牌的二行程 50CC 机车，全名是"DNU-747"，他的主人就是我。这是一个 747、我、台北市与时间的故事。

1996 年 8 月，我二十三岁，拥有了生平第一台摩托车，它就是 747。就一个台湾青年来说，我的机车经验来得有点晚，根据统计，台湾人平均买第一部机车的年纪在 21.6 岁，而我身边的同学朋友，更是在刚满十八岁时就迫不及待地考好了驾照，加入机车一族的行列，对男生而言，拥有机车仿佛就是成年仪式。

我还记得专科四年级的时候，全班计划着骑车出游，于是在黑板上列出有机车与没机车的同学名字，结果，男生除了我以外，每个人都有机车，于是我就和其他没有机车的女生一样，等待着被分配给哪个男生。在斤斤计较的挑拣分发过程中，我第一次深切地体认到没有机车对于一个男生的屈辱可以如此难以忍受。所以我马上举手说,我有事不能去。当我说完这句话的那一秒,我发现不只是我,全班都松了一口气。

然而专四那年的教训,并没有让我马上升级为机车人,一直到大学三年级,我才好不容易拥有了我的 747。当我从家附近的机车行把黑黑亮亮的它骑回来时,每天都走过的短短一段路,顿时有了完全不同的感觉,不只是速度上的,也是视觉上、触觉上的。原本我熟悉的大城市,因为 747,忽然变得小得可以掌握。747 改变了我的空间感,也改变了我的生活方式。

1997 年,747 跟着我拍摄大学的毕业作品《三个人的十一片台北》,在这部片子里,我大量用了很多从机车上拍摄的手持镜头,纪录我熟悉的台北样貌,现在回头看,那部片里流动、摇晃、自由快速的台北,与其说是我的台北,还不如说是我的 747 的台北。有趣的是,当我骑上 747 纪录台北的这八年来,台北——或者说台湾的变化,选举、九·二一地震、"纳莉"风灾……一直到最近的世纪大验票,似乎也像机车经验一样,快速地改变,有点自由、有点危险,充满了希望,淘汰却也迅速得让人心慌。

八年了,我历经大学毕业、当兵、进入社会、换工作、搬家,陪着我的 747 已经全身是病。它的仪表板早在 11123 公里的时候就停止了,车灯换过两次,外壳饰条常常垂下来,引擎也大修过一次。和 747 同类的二行程机车也因为环保法令的更改而停产了。每次在路上抛锚了或只是因为加机油送到机车行,每一家机车行的老板们总是皱着眉头找出 747 身上十几二十处该修的地方、该换的零件,然后唠唠叨叨地数落我不懂得爱惜它。同样牵着自己的机车的人们,也会在熟悉的车行里,和原本陌生的城市机车客们,因为车子而有了话题。

当我的747成为话题焦点时，结论总是鼓吹我该把747淘汰了，换一辆新车。

但是每当我想起某个夏日中午，我躲进一家有冷气的餐厅吃饭，然后在等待的过程中，不经意地越过落地窗，看到我的747孤零零地站在白花花烈日下的路边，歪着头无辜地朝我望……那一刻我忽然想到，在无数个我不在它身边的时刻里——也许是连续几个下大雨不想骑车的日子，或者是好几个月我离开台湾、当兵、不知所踪把它扔在某个我认为很安全，其实却是很危险很寂寞的大楼防火巷中——我的747是如何面对着漫无止境的等待，却依然衷心盼望着它的主人。

于是，我从车行老板的嘴巴里和废车回收场里一次次把747找回来，贴着它缠着生锈铁丝的车头说："747，我永远不会离开你的。"然后看着我的747车头盖裂开处的弧形，像是傻傻地笑了起来。

一年半后

747仍然很小，很黑，可庆幸的是他的头现在不再用铁丝固定了，改用两条小小的白色塑胶束带，看起来有精神很多。因为换了排气管，跑步的时候终于不再那么轰隆隆的，令人难为情。747还是和过去九年一样，傻站在艳阳下、暴雨下、狂风中，百无聊赖地等待着不知何时出现的我，也一如往常地面对着吵吵闹闹的街道、不怀好意的警察与阗黑的防火巷或沉默的墙壁发呆。

747已经九岁半了，他现在应该是全台湾最出名的山叶牌二行程50CC机车吧，虽然事实上不曾发生过在路上被认出来的事，但是影片每播出一次，骑在路上心里惴惴的感觉就会又出现一次。他的主人，我，脑子里还是有很多关于747、我、台北市与时间的故事，包括上次没说的，以及新生出来的。

　　九岁半的747和我，这样站在一起好像要庆祝什么金婚银婚似的。其实真的没有，拍了这部片，我和747还是一样面无表情地在台北的大街小巷来来去去，一样下雨的时候少一点，晴天的时候多一点；寒流来的时候少一点，和煦的时候多一点。和去年比起来，上坡时喘了一点，睡醒时赖床多了一点。不过，总体来说，747还是一个健康的九岁速克达，有着不可摧毁、不容怀疑的专业与尊严。当我写着这篇文字的时候，747特别交代我一定要在里面提到这重要的一点。

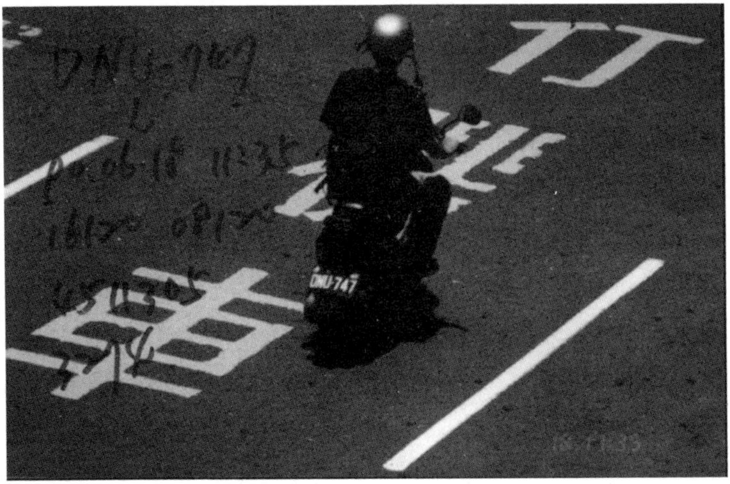
DNU-747

开往金门的慢船

故事大纲

人物：

女孩：二十四岁。十岁那年因为高烧不退，失去听力。舅舅是船公司的经理，高职毕业后，一边准备重考一边在军包船上的福利社打工。两三年过去，大学还是没考上，仍然在船上的福利社工作。

男孩：二十一岁。高三那年因为车祸失去大部分听力，需配戴助听器。专科毕业后在大卖场工作。他的哥哥抽到外岛签的当晚，他梦到自己正在前往金门的船上。

主要场景：

开往金门的军包船，一个星期一次，每个星期一从基隆港出发，一日一夜内往返金门。船上有小小的福利社，小小的卡拉 OK，几台电动玩具。

On a slow boat to China

I'd like to get you

On a slow boat to China

All to myself alone

To get you and keep you in my arms evermore

Leave all your lovers

Weeping on the faraway shore

Out on the briny

With the moon big and shinny

Melting your heart of stone.

Darling, I'd love to get you

On a slow boat to China

All to myself alone

Lyrics by Renee Olstead

Composed by Frank Loesser

第一幕

  基隆港九号码头,一艘运兵船正准备着开船作业。这艘船每周一夜起航开往金门,周二清晨抵达料罗港,大量的休假官兵下船后,随即回航回基隆港。每周一次,每次四百多个兵,十四个小时,三百九十六里。

  一个男人骑机车载着一个女孩远远骑向码头,女孩下车,向男人挥手道别,男人骑车离去。

  女孩耳朵听不见,她读得懂唇语,可以艰难地说出一些发音奇怪的句子,多半用手语和人沟通。

她穿过列队办理上船登记的士兵们，直直走向登船的窄小阶梯。女孩是这艘船上的福利社店员，船公司的经理是她的舅舅，这福利社店员工作本来是她表姊的，半年前表姊结婚后，她继承了这个工作。

照例，女孩和送货员清点一箱箱饮料、零食、泡面，并引导他们把货品送上船。

士兵们涌入船舱，到处都是绿绿的迷彩服。他们坐在船舷的木椅上抽烟，讲手机，聊天。有的窝在床铺上睡觉。

船开了，女孩开始忙碌，士兵们聚集在福利社前的电动玩具机旁，整个船舱闹哄哄的。福利社柜台上一台小收音机，转播着一场棒球比赛，许多人围在福利社旁边听转播，比赛热烈地进行中。

女孩对这一切充耳不闻，觉得无聊与疲惫起来，透过开启的船舱门，她注意到有个阿兵哥趴在船舷的栏杆上，好像在倾听着什么声音。仿佛察觉到有人在盯着他，男孩忽然回头，他们四目相接时，他对她点点头，微笑。女孩想不起来认识这个男孩，就没多理会他。

转播比赛结束，夜也深了，波涛起伏的引擎声中，士兵们纷纷睡下，女孩一个人在福利社里，看着一本小说。

那个对她微笑的男孩走过来，买了一包烟，然后他告诉女孩，三年前他们在人潮拥挤的南阳街见过一次，那时候她经过他的身边，拍了他的肩膀说"我在你梦里"，就消失在人潮里。

男孩说，那时候他不知道这句话是什么意思，直到今天晚上，他在船上看到她，他才知道，原来现在，这个当下，就是女孩曾经跟他说的那个梦。

"我们正在梦里。"

第二幕

女孩完全不信,她听过太多为搭讪她编出来的胡言乱语。男孩企图说服她,他一边夸大着嘴型一边拿笔在纸上写,提到在一本心理分析实验的书曾经记载:人们除了自己常会做一样的梦,也会做和别人相同的梦,有时候 A 的梦境和 B 的梦境是连续的;实验也发现,不同的人会做同一个梦,梦里认识彼此,经历一样的事件,而相同的梦境,有可能是不同的人在不同的时间点所梦见的。

也就是说,三年前你先做了这个梦,三年后的现在,我才开始做到了这个梦。男孩说。

如果我做过这个梦,我应该会记得啊。女孩拿笔在纸上写。

不见得,人通常在醒来后就快速地忘掉自己昨夜的梦,譬如现在,你记得你昨晚做了什么梦吗?

男孩说到这里时,闷闷的引擎声忽然消失,船停了下来。

女孩察觉到船不动了,觉得奇怪,她离开福利社柜台要到船长室里,男孩跟着她。一路上他们惊讶地发现,船舱里的人都不见了!他们到达船长室,却发现那里也一样空无一人。

女孩慌乱起来,男孩试图安抚她:"现在是梦,没关系的。"女孩生气地比手画脚,斥责男孩胡说八道。在甲板上,救生艇不见了,女孩急忙地在仓库里找出尚未充气的救生艇,催促男孩和她一起吹气,她认定船上一定发生了紧急状况,所有人都逃离了,只有她因为听不到所以没被通知到。

男孩帮着女孩吹救生艇的时候,女孩赫然发现船窗玻璃的倒影上,她的身边空无一人,男孩的身影完全没被映照出来。女孩吓得逃走,男孩追着她,不知道发生了什么事。

女孩逃到船的底舱，一个巨大到能开进一台坦克车的空间。她想躲到底舱旁的工具间里，没想到门一开，她看到一个人正躲在工具间里睡觉。那是一个菲律宾籍的船工，女孩用手语向他询问、求救，船工却睡眼惺忪，一脸困惑的表情。此时男孩也赶到了。船工不会说中文，男孩不会说菲律宾话，女孩听不到他们的对话，三个人说着不同的语言，根本无法沟通。忽然间，男孩不说话了，女孩看着他，船工也静了下来，看着男孩。

男孩缓缓地说：如果这是梦，那我应该能说菲律宾话吧？女孩还没反应过来，男孩忽然说了一句菲律宾语，船工马上回了男孩一句。女孩发现他们之间在对话，感到好奇，男孩鼓励女孩，试着开口说说看，女孩集中精神，慢慢地，她的耳朵一点一滴地听见了外界的声响，然后她尝试着开口，竟真的吐出了一句菲律宾话。

船工对两人说，他在这船上工作四个多月，这个航程的目的地是中国大连港，而出发港是布宜诺斯艾利斯，出发日是一个月前，还有一天航程就会到达大连了。

女孩从十岁开始渐渐失去听力后，这是第一次能这么清晰地听到声音，并且神奇地能够流利地说话。她开始相信这是个梦。三人走上船舱，船工对于船上的人都消失一事，显得非常惊讶。男孩对船工解释，他们其实是同在一个梦境里，船工却忽然反应激烈，往一扇门外跑去，一下子就消失了踪影。

男孩和女孩回到了福利社，他们扭开收音机，收不到讯号，但女孩却仔细听着收音机传出的沙沙声。女孩问了男孩的出生年月日，发现他们曾经有一段时间，都在台北的南阳街补习。他们曾经同在一家K书中心包月念书，只是当时女孩在准备重考大学，男孩却是在念高一的家教班。

女孩还记得 K 书中心昏暗的空间里，一个个小隔间亮着暖黄的光晕，她窝在其中一个座位，专心调着助听器的频率，但是她当时并不知道，就在隔壁的座位上，男孩戴着耳机，正调整着收音机的频道。男孩无意间把收音机对到一个音量很大的频道，在他耳机内发出巨响，隔壁的女孩同时也从助听器里接收到这个音爆的频率，两人同时吓了一跳，赶快把耳机和助听器拿开……

　　正当女孩与男孩慢慢拼凑出他们在现实时空里的交集时，客舱中传出一声极小的声响，女孩敏感地听见。她领着男孩走到客舱，发现声音是从一扇隐秘的门里传出。女孩转动门把，门锁上了。

　　男孩问她："你确定要开吗？"女孩呆了一下，看着那扇门，也许开了门，梦就醒了，她就又变回不能说话的聋子了。正迟疑间，船上全部的灯光一下子熄灭，陷入一片黑暗，女孩尖叫起来，她感到黑暗中涌动着仿佛从宇宙深处吹来的凉风，还有无数沉默的呐喊。男孩紧抱着女孩，女孩也紧紧抱着男孩。

　　此时门却缓缓地自己打开了，柔和的光线泄出，女孩和男孩看见门的另一端是一个巨大的寝室，无数张一模一样的床，床上有一模一样的床单与棉被，穿着相同睡衣的每一个人睡得正酣。

第三幕

　　船引擎的闷闷声响。

　　月光洒在甲板上，男孩和女孩坐在甲板栏杆旁的地上，他们都睡着了，女孩把头靠在男孩肩上。

　　女孩幽幽醒来，看着月光洒在海面上。规律的波涛声。远处天边出现鱼肚白，天快亮了。

女孩发现男孩的耳朵上挂着一个熟悉的东西,那是和她耳朵上一模一样的东西,是个助听器。原来男孩和她一样,在现实的世界里都是听不到的。

你这样还要当兵吗?女孩问。

这是梦啊,你忘了吗?男孩说。

海面雾中,出现了另一艘船,在远处行驶着。女孩走向船舷的栏杆,看着远方的那艘船,女孩用手圈住嘴,向远方的船大喊。

男孩走到女孩旁。她问:如果这是梦,我们什么时候才会醒来?

我们怎么知道梦什么时候结束呢,搞不好,下一秒我们就醒了。男孩说。

那现在,全世界应该有很多人都在做同样一个梦吧。

也许吧,但是他们不一定能像我们一样,在梦里认出彼此。

天空从深紫色转为粉红色,太阳升起,海面上跳跃着点点金光。远方的船消失在雾中。

女孩:你叫什么名字?

男孩:我叫——(画面中断)

尾　声

傍晚五点半,人潮汹涌的南阳街,男孩穿着高中制服,急着穿过人群——他快迟到了。忽然,他的肩被人拍了一下。男孩回头一看,是个陌生的女孩。

女孩用奇怪的声音叫出他的名字:蔡宪聪!

男孩看着女孩,大惑不解。

女孩用唇形慢慢对他说:我在你梦里。

有一天，有一天……

从高雄港开往金门的军包船上，一个福利社的女店员，在众人皆沉睡的夜航中，遇见了一个年轻军人。军人对她说：我在你梦里。女店员还来不及莫名其妙，忽然灯熄船停，幻境成真。原来此时此刻，黑夜海上你和我，真的是梦。

这是一个短片的故事大纲，2007年初，我应一个短片计划的提案需要而写，故事的名字叫作"开往金门的慢船"。

因为是短片篇幅，我着重于故事的异想天开。匆匆一夜赶完这个故事大纲，最后我让男孩女孩原来只是在现实生活中偶然相遇，他们短暂地擦肩而过，却蝴蝶效应般连动了彼此的梦境。

那个短片计划后来没有采用这个故事。于是《开往金门的慢船》就先停泊在我的脑海里。有时候想起这个故事，二十二岁那年搭船去金门当兵的心情就又跑回来，走在十三年后的台北街头竟仿佛能闻到那时夏夜海上的热风，看见越来越远的高雄港灯火，还有那个夏天对准备告别一切的心情。而这样的心情提醒了我，这个故事应该不是被偶然写下，而是过去的某个经验残存在脑中不散，多年后发酵变形，找机会冒了出来。若是这样，事出必定有因，那么故事里女店员与阿兵哥相通的梦境，便也不应该是出于偶然。

故事必须改写，我这么打算。

果然这个故事必须改写。2008年秋天，《开往金门的慢船》有了第一笔资金，可以着手启动拍摄。但它必须成为一部长片，于是我开始改写它。

我没有想到这个改动工程比想象中艰难许多。从冬天到夏天，我始终抓不到这个故事本来该有的舒服形状。眼看拍摄期越来越近，事情变得很有压力，而我花费许多时间等待一个让全部事情找到方向的起始点。就在某个漫无目的晚睡，上网游荡的晚上，一行字从MSN彼端登登登传来：

"你知道卢昌明去世了吗？"

给一个呆得睁大眼睛的表情，然后我知道了将近半年前，卢昌明悄悄离开人间的消息。真是不可思议啊，卢昌明耶，我们在MSN上感叹，是那个写出《心情》《离家出走》《蓝色渐层》《乘着风》，拍出《猫在钢琴上昏倒了》等无数广告的80年代最酷最时髦的创作人卢昌明，在千禧年后创造出苏慧伦《恋恋真言》专辑的卢昌明。消息竟然在他去世后好几个月才在深夜寂寞无限的电子网络上静静蔓延开来。原来，难道，我们的时代已经走得那么远了吗？

我从iTunes里召唤出卢昌明的歌，一首首都带着那个年代最饱满的热度，那种全心全灵的向往，毫不保留的伤情，如此纯洁，如此青春。歌单里有一首歌，叫作《有一天》，记录上写着它是在2007年6月28日来到我的音乐数据库，但我已经忘记那是哪个朋友的分享，然而此时此刻，当这首由卢昌明亲自演唱的歌播放出来，我忽然非常伤感起来。

这是一首非常卢昌明的80年代抒情歌，只以简单的钢琴伴奏，音场的氛围好像在盛夏午后同学都跑到外头玩去的空教室里，卢昌明的声音像一个孤单敏感的小男孩，独自在空教室里认真唱起歌。进歌前有长篇独白，他是这么说的：

"有一天，我记得很清楚，我一个人待在小学校里的音乐教室，面对一台已经被蛀虫蛀得差不多的钢琴。就在夕阳之中，我突然发现我可以两只手一起弹钢琴，那时候的我快乐极了，好想跟别人分享我的快乐，可是旁边并没有别人。你是不是也时常这样子，当你想跟别人分享你的快乐或痛苦的时候，旁边总是没有别人呢？"

然后，他开始唱：

> 终于会有那么一天　我会看到你的笑
> 终于会有那么一天　我会体会你的心
> 过去有太多的记忆　未来有太多理想
> 我们共同拥有的故事　要说出来我会哭
>
> 流着快乐的眼泪　踏着不安成长的脚步
> 我们共同拥有的疯狂　别人很难能够真正体会

像是一种自己和自己的对话，一种自己给自己的安慰，在青春正盛的时候，单纯地憧憬着某一个人的心情。却在多年之后的回忆里，自己对自己说：是啊，就是这样啊，在这个寂寞星球上，我们总是忽然好想告诉谁，但那个谁却总是不（存）在啊……

于是我们开始幻想，有一天，有一天，我们还是终究会遇到那个人，到那时候，我会看见你的笑，你会体会我的心，我们会流下快乐的眼泪，我们会完成我们共同拥有的故事，在一片万物形状皆曝光模糊的阳光里、暖风里……

那一个晚上，我梦到了电影的序场，那是在一片逆光风景中，远远地走来一个男孩的身影，隔着蒸腾的热气与斑驳光影。他走进地下道，又走向天桥，然后走到我的面前，开口向我讲话，但一切是无声的，我听不到他说的话。

第二天早晨醒来，是的，《开往金门的慢船》找到了让全部事情找到方向的起始点。从梦到的序场开始一路向下延伸，补足了梦境之外的真实情节，梦与现实互为因果，男女主角最后会发现，梦中相见的这一切不是偶然，而是来自奋不顾身的主动追寻。

短片长成了长片，我把片名改成了"有一天"，并且默默地构想好，这部片的主题曲要翻唱这首歌，而翻唱的人选也很异想天开地认定成我认为诠释卢昌明作品最好的声音——苏慧伦。

紧接着，电影开拍、剪辑、后制、参展……一连串的事情接踵而来，我和几十个比我更认真热情的工作人员在不可能的资金范围里，奋力地把电影《有一天》毫不打折地实现出来。每一天我都想起这部电影还有重唱《有一天》这件事未完成，但从拍摄到找寻发行过程中的预算始终紧缩的状况，让这件事总是一再地被推迟。一直到《有一天》确定了上映日期（我们在开拍这部片时从没有想过可以走到那么远）我们终于决定，既然这部片已经照着理想进行到现在，那就要贯彻到底，把原始构想彻底实现。于是，在上映前一个半月，我们打电话给苏慧伦。

2010年的春天，苏慧伦即将进录音室录唱《有一天》这首歌，作为电影的片尾曲，为我们制作这首歌的竟然是曾经与卢昌明合作《恋恋真言》专辑的李欣芸。好像补上了拼图的最后一块，这一切好像真的在梦里。

而在慧伦与欣芸那么慷慨地答应了的那一刻，我忽然理解到这一切不是偶然。我去金门当兵不是偶然，《有一天》这首歌躺在我的计算机里不是偶然，故事里的男孩与女孩相遇相识不是偶然，卢昌明在这世界留下的美丽回忆不是偶然。

在久远到记忆模糊的时空里，我们早就种下未来的种子。那些我们年轻时热烈的憧憬与眼泪，都不是偶然，它们隔着遥远时间召唤着即使最后会归于寂寞的幸福。

有一天，有一天，当一切都越来越远……
有一天，有一天，当我们都不再改变。

后记　太少的备忘录

五专的时候，我的作文成绩每次都很好。有一天下课，我照样领回了被老师批改为高分的作文，在教室外的走廊，国文老师叫住我。她神神秘秘地对我说："你知道吗？其实写作也是很有前途的，张曼娟才刚买了一栋房子。"

过几天我转述给熟识曼娟老师的学长听，他很诧异："她怎么会知道？"

因为国文老师的这番鼓励，我一直到后来都有个不切实际的想法，每在拍片不如意时冒出来："我不要拍了，我要去写书。"三番两次这样喊着，总是没有付诸行动，于是再出此言时，朋友都嗤之以鼻了。

现在有了这本书，我想狼也算终于来了吧，虽然自己是很心虚的。这本书并不是放弃了什么拍片计划后去写的，相反的，这里面杂七杂八的各种文章，大部分都是在开始拍电影之前无所事事的那几年间写的，现在把它们收拢在一起，就实际意义上，应该是人生前半段时光的天然遗留物。

以这样的心情翻看这些前半生的遗迹，不特别感到往事如烟，更多的时候是懊恼与羞惭。这些文章像是深夜海滩孵化出来的小海龟，要赶在各种猎食者截击之前冲到海洋里。短短的一程路，能顺利抵达的却是少之又少，有更多更多的故事与怎样时刻提醒着自己一定一定要记下来的故事与心情，到最后都没能躲过怠惰与琐碎的猎捕，消失在沙滩上。安全抵达这本书里的，不见得是特别强壮，而是特别幸运，是许多不吝呵护鼓励的师长朋友们，包容我一次次的拖延与任性，耐心地催促提醒着，才把仅存的这几只小海龟送进温暖的大海里。

年纪渐长，我越来越清楚以自己这样龟速又软弱的写稿方式，根本没有可能如国文老师那样美好的期许，以写作为生。我想要用文字备忘那些我焦虑着即将遗忘的时间，却总是徒劳。事过境迁，雨了又晴，朗朗秋日里只留下这些太少的备忘录与老海龟做伴，提醒着那些人生里的空白，那些不复辨认的模糊细节，那些不舍却不得不舍的惨淡时刻。

逝去的就别再留念，来不及备忘的，就让它留在另一个时空里。"这样，是不是比较好啊。"反复看着剪接台上这句对白，小羊看着南阳街的夜空，幽幽地这样问。

我想，没有人会知道的。

图书在版编目（CIP）数据

南方小羊牧场 / 侯季然著. —北京：新星出版社，2017.10
ISBN 978-7-5133-2626-1

Ⅰ. ①南… Ⅱ. ①侯… Ⅲ. ①随笔—作品集—中国—当代 Ⅳ. ① I267.1

中国版本图书馆 CIP 数据核字（2017）第 085841 号

南方小羊牧场
侯季然 著

策划机构：雅众文化
特约策划：简　雅
特约编辑：陈艺恒　张立康
责任编辑：汪　欣
装帧设计：周伟伟

出版发行：新星出版社
出 版 人：谢　刚
社　　址：北京市西城区车公庄大街丙 3 号楼 100044
网　　址：www.newstarpress.com
电　　话：010-88310888
传　　真：010-65270449
法律顾问：北京市大成律师事务所
读者服务：010-88310811　service@newstarpress.com
邮购地址：北京市西城区车公庄大街丙 3 号楼 100044
印　　刷：山东临沂新华印刷物流集团有限责任公司
开　　本：880mm × 1220mm　1/32
印　　张：7
字　　数：164 千字
版　　次：2017 年 10 月第一版　2017 年 10 月第一次印刷
书　　号：ISBN 978-7-5133-2626-1
定　　价：36.00 元

版权专有，侵权必究；如有质量问题，请与印刷厂联系更换。